하루도 사랑하지 않은 날이 없었다

하루도 사랑하지 않은 날이 없었다

초판 1쇄 발행 | 2023년 2월 21일

지은이 | 장혜진
펴낸이 | 정태준
편집 | 자현, 엄기수
디자인 | 정하연
펴낸곳 | 책구름 출판사
출판등록 | 제2019-000021호
주소 | 전주시 덕진구 세병로184, 1302-1604
전화 | 010-4455-0429
팩스 | 0303-3440-0429
이메일 | bookcloudpub@naver.com
블로그 | blog.naver.com/bookcloudpub
카페 글비배곳 | cafe.naver.com/knowledgerainschool

ⓒ장혜진, 2023
ISBN 979-11-92858-02-9 03810

장혜진
에세이

하루도 사랑하지 않은 날이 없었다

책구름

차례

#2   그때 그 자리에 있었던 사랑

#3 당신의 친절에 감사합니다

4   하루도 사랑하지 않은 날이 없었다

프롤로그

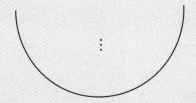

이 책에는 한 사람의 인생이 담겨 있다. 하나도 거창하거나 대단할 것 없는, 아니면 그 반대일지도 모르는. 이 이야기가 조금 특별하게 다가오는 이가 있다면 자기 안에 숨어 있던 사랑을 발견했기 때문이라고 말하고 싶다.

나는 삶과 사랑에 대해 말하고 싶었다. 그러기 위해서는 먼저 내 삶을 발가벗기지 않으면 안 되었다. 그렇게 할 수 있는 이유 역시 사랑 때문이었다. 결핍의 아픔을 처절하게 겪었고, 회복의 기쁨 역시 느꼈다.

그런 이유로 어느 날 느닷없이 글을 쓰기 시작했다. 나는 2011년의 어느 무더운 여름날 아침으로 돌아가 있었다. 왜 그날이었을까. 글을 쓰면서야 비로소 왜 그날로부터 출발할 수밖에 없었는지 알 수 있었다.

그날은 삶에서 가장 특별한 날이었다. 비록 고통 속이었지만, 나는 처음으로 삶을 인식했다. 이전까지 내 삶이 존재하지 않았다고 해도 이상하지 않을 만큼 그날 이후, 분명 달라지기 시작했다. 달라질 수밖에 없었다. 이전과는 전혀 다른 방향을 선택했으니까. 중요한 것은 방향이었다.

누구나 살아가다 보면 나의 '어느 무더운 여름날'과 같은 고통의 계절이 오기 마련이다. 지금 그 계절을 지나고 있는 누군가에게 사랑이 가닿기를…….

1

사랑받을 자격이 없었던 걸까

그리고 삶이 시작되었다

⋮

무더위가 기승을 부리던 어느 여름날 아침, 익숙하기도 하고 낯설기도 한 곳에서 깨어났다. 눈앞에 희미하게 드러나는 공간을 인식할 수 없었다. 더위가 더위 같지 않았고 시야를 통해 들어오는 방 안의 모든 사물들이 신기루 같았다. 모든 감각이 소멸된 채 고통만이 내 몸을 지배하고 있었다. 머릿속에서 무엇인가가 속삭였다.

"죽어야만 해."

그 짧고 단호한 소리와 함께 곧 몸의 구체적인 감각들이 살아나기 시작했다. 그러나 모든 감각과 감정마저도 고통 속으로 빨려 들어가고 있었다. 태어나 처음 느껴보는 끔찍한 고통이었다. 귓가에 속삭이는 죽음의 손짓만이 나를 구원해줄 해답처럼 느

꺼졌다. 가까스로 몸을 일으켰을 때 머릿속에는 온통 죽음에 대한 생각만이 가득했다. 내가 죽으면 슬퍼할 가족들 얼굴이 아득하게 떠올랐지만 영혼을 짓누르고 있는 끔찍한 고통의 무게 저 밑바닥에서 희미할 뿐이었다.

"이제 더는 못 하겠어…….."

소리를 입으로 뱉은 것인지, 생각으로 뱉은 것인지, 아니면 다른 존재의 개입이 있었는지 알 수는 없었다. 하지만 그렇게 선포된 직후 내 안의 모든 고통과 세상의 소리도 멈추는 것 같았다.

그때 방 안 어딘가에서 인기척이 느껴졌다. 소리가 나는 곳으로 얼굴을 돌렸을 때, 그곳에는 태어난 지 몇 개월밖에 되지 않는 아기가 있었다. 아기는 이제 막 잠에서 깨어났는지 몸을 뒤척이며 내 쪽으로 기어 오려고 안간힘을 썼다. 작은 몸짓에도 언제나 재빨리 자신을 바라봐 주었던 나를 향해 이윽고 울음을 터뜨렸다.

"응애~! 응애~! 응애~!"

심장이 '쿵' 하고 반응하며 내 몸을 벌떡 일으켜 세웠다. 머리가 그 존재를 인식하기도 전에, 상황을 미처 인식하기도 전에 몸이 먼저 움직였다. 온몸에서 삐질 배어 나오는 땀을 그대로 둔 채 가스 불을 켜고, 분유를 계량하여 우유병에 담고, 먹기 좋은 온도로 맞췄다. 그런 다음 두 팔 벌려 안아달라고 아우성치는 아기를 안고 우유를 먹이기 시작했다.

그제야 상황이 제대로 인식되었다. 그동안 일어났던 일들이 주마등처럼 스쳐 지나갔다. 아이를 품에 안고 우유를 먹이는 그 짧은 순간, 진흙탕 속에서 허우적거리던 차마 눈 뜨고 보기 힘든 내 모습이 눈앞에 펼쳐졌다. 누군가 눈앞에 대형 스크린을 펼쳐놓고 빠른 속도로 필름을 되감는 것만 같았다.

나와 심장을 나눠 가진 작은 존재가 내 품에서 맑은 눈으로 웃고 있었다. 순간 머릿속에서 절망의 말들을 속삭이던 어두운 그림자 사이로 번쩍 하고 빛을 뿜는 한 줄기 빛을 보았다. 그것이 내가 살아야 할 단 하나의 이유였다.

...
사랑받을 자격이 없었던 걸까

결혼, 천당과 지옥의 기괴한 결합

:

누구나 평범하게 살고 있을 때는 이혼녀가 된다거나 배우자 없이 혼자 아이를 키운다거나 셀 수도 없이 이직을 경험한다거나 불치병 걸린다거나 하는 일들이 자신에게는 일어나지 않으리라 생각한다. 나도 그랬다.

내게는 결혼이라는 평범해 보이는 통과의례도 그런 일 중 하나였다. 그를 만난 건 회사에서 새로운 업무를 맡게 되면서였다. 사내 교육 계획을 세우며 자료를 검색하다 서울의 교육기관 컨설턴트와 미팅을 하게 되었다. 컨설턴트가 수원으로 찾아왔다. 영업 일을 하는 사람 특유의 사교적인 성격 탓인지 오래전 동창을 만난 것만 같았다. 미팅이 끝나자 그는 마침 지인이 인근에 있어서 만나기로 했다며 약속이 없다면 내 친구 한 명을 더 불러서 술 한잔 하면 어떤지 물었다. 업무상이라는 명목 아래 숨기고 있던 또 다른 목적이 드러난 것이다.

만나기로 했다는 그 지인은 한 살 연하였다. 180cm를 훌쩍 넘는 키에 덩치가 산만 했다. 그것이 너무도 압도적이었던 나머지 그를 평가할 만한 다른 것은 없어 보였다. 은근했던 기대가 일순간 사라졌다. 그런데 술자리가 무르익을수록 세세한 부분이 눈에 들어오기 시작했다. 웃음소리라든지 입술의 모양, 기다란 손가락, 호탕해 보이는 성격, 그에겐 분위기를 이끌어가는 리더십과 매력이 있었다.

그날의 술자리는 모두가 즐기기에 충분했다. 까마득히 잊고 있던 오후, 그에게 문자가 왔다. 그는 중견 기업의 인사 담당이었다. 메일로 자신이 가지고 있는 교육 자료를 보내주겠다고 했다. 갑작스럽게 맡은 업무여서 그게 무엇이든 교육 관련 자료라면 환영이었다. 실무자의 자료라면 더욱 그랬다. 그가 보내준 자료를 훑어보다가 우연히 그의 블로그를 타고 들어가게 되었다. 오랫동안 사귀던 여자와 이별 후 일기처럼 끄적여 놓은 여러 편의 글이 있었다. 글 속의 그는 매우 섬세했다.

메신저로 이런저런 이야기를 주고받다가 블로그의 글들을 봤다고 말했다. '오래전 이야기'라고 그는 말했다. 어쩐지 기분이 좋았다. 만남은 그렇게 시작되었다. 그의 직장은 종로였고 나는 수원이었는데도 기꺼이 오가며 서로를 알아갔다. 수원으로 돌아오는 마지막 버스 뒷자리에서 첫 키스를 했다. 곧 뜨겁게 사랑에 빠졌다.

운명이 우리의 만남을 축복하는 것만 같았다. 한겨울 훌쩍 떠났던 겨울바다의 태양은 눈부신 오후의 봄처럼 포근했다. 태양이 만들어내는 모든 빛이 우리를 향하고 있는 것 같았다. 헤어지기 아쉬워 많은 밤 먼동이 트는 것을 함께 보았고 각자의 공간으로 흩어져서도 내내 서로를 그리워했다. 그의 웃음소리, 별처럼 빛나는 눈빛, 특히 넓고 커다란 어깨가 그렇게 든든할 수 없었다. 그와 함께 있으면 세상의 모든 위험에서 철저히 안전할 것 같았다.

그런데 결혼은 그런 차원과는 거리가 멀었다. 막상 그와 한 집에서 살게 되었을 때 그렇게 멋지게만 보이던 사람이 왜 그리 못나 보이던지, 먹을 것에 집착하고 게임에 미치고 야동 폴더를 이리저리 숨겨두고 본가엔 왜 그리 자주 가자고 하던지. 그가 "우리 엄마가~" 할 때마다 그 모습이 왜 그렇게 바보 같아 보이던지. 결혼은 현실이라는 말을 피부로 느끼기까지는 오래 걸리지 않았다. 커다랗고 든든하기만 하던 그의 어깨는 그 크기와는 상관없이 작고 나약해 보였다.

그는 딩크족이 삶의 목표인 사람이었다. 아이를 위해서 희생을 하거나 하고 싶은 것을 포기하거나 하며 삶을 살고 싶지 않다고 몇 번을 강조했다. 임신을 확인했을 때, 가차 없이 아이를 지우자고 했다. 그가 해온 말이 있었기에 예상했던 반응이었지만 막상 그 말을 들으니 그 말이 몹시 서운해서 눈이 퉁퉁 붓도록 울었다.

온몸이 나른하고 속이 메슥메슥하는 평소와는 다른 느낌이 불편했다. 그러나 내면 깊은 곳에서 알 수 없는 기쁨이 총총 올라왔다. 분명 내 안에 나 아닌 다른 존재가 인식되기 시작했다. 또다시 그런 존재가 찾아오지 않을까봐 두려웠다. 그와 헤어지더라도 아이를 낳고 싶었다. 그에게 이별을 고했다.

며칠 뒤 전화가 걸려왔을 때 그는 매우 흥분한 상태로 두려움에 떨며 울고 있었다.

...
사랑받을 자격이 없었던 걸까

21

거꾸로 흐르는 시간

⋮

다정하게 서로를 끌어안던 우리는 어디에 있을까⋯⋯. 함께 있는 것만으로 소중했던 시간들은 왜 다시 돌아올 수 없을 까⋯⋯. 사랑만으로 극복할 수 있을 것 같았던 모든 것들이 한 낮의 모래성처럼 맥없이 허물어져갔다. 나는 나로 꽉 차 있었고, 그는 그로 꽉 차 있었다.

그와 나는 낡은 소비 패턴처럼 그저 그날그날의 즐거움 따위, 배고픔 따위, 외로움이나 자존심 따위를 메우기도 벅찼다. 결혼 적령기였지만 서로의 힘으론 어려웠다. 시댁에선 출산 전 결혼 식을 올리길 바랐다. 나는 상견례 때 배부른 채 드레스를 입고 싶지 않다고 선언하듯 말했다. 시댁에서는 임신한 며느리의 의 견을 들어주지 않을 수 없었고, 딸을 도와줄 형편이 되지 않았던 부모님은 안도했다.

평소 결혼식이 뭐 그리 중요한지 모르겠다고, 그런 허례허식 같은 것은 중요하지 않다고 강조하면서도 아직도 가끔은 결혼이라는 것, 아니 이혼이라는 말조차 내겐 어울리지 않는다는 생각이 들곤 한다. 결혼의 사전적인 의미는 '남녀가 정식으로 부부 관계를 맺음'인데, 그런 의미에서 결혼했던 것은 맞다. 하지만 결혼식을 하지 않았던 것이 '이혼'이라는 단어를 쓸 때마다 열등감을 자극하는 것을 보면, 어쩌면 그 결혼식이 그리 하고 싶었는지도 모르겠다. 그렇다고 좀 더 그럴싸한 이혼이 되는 것도 아닌데 말이다.

이런 내가 아이를 키워야 한다는 것은 어리석음이 낳은 결과라는 것을 그때는 알지 못했다. 아이를 키운다는 것이 육체적으로나 정신적으로나 얼마나 고된 노동인지. 추우면 춥다고, 더우면 덥다고 난리치는 내가 조금 참고 희생하며 간단히 할 수 있는 그런 일이 아니라는 것을. 아이를 낳아서 키워보기 전까지 하나의 존재가, 그 생명이 담고 있는 가치가 어떤 의미인지 감히 상상이라도 할 수 있었다면, 그때 알았더라면 혼전임신을 하지 않았을까……. 그리고 시간은 거꾸로 흐르기 시작했다.

우여곡절 끝에 엘리베이터 없는 6층짜리 아파트 꼭대기 층에 신혼살림을 차렸다. 베란다 밖으로 멀리 8차선 도로가 보였다. 한 팔로 배를 끌어안고 계단을 오르내려야 했지만 빛과 바람이 잘 통하는 집이어서 그런대로 마음에 들었다. 그곳에서 2011년 1월 건강하고 예쁜 딸아이가 태어났다. 모든 것이 내 것 같지 않은 생활도 시작되었다. 분명 나인데 나의 감정이, 나의 생각이, 나의 몸이 통제를 벗어나 미쳐 날뛰기 시작했다.

호르몬 탓도 있었지만 모든 것을 호르몬 탓으로 돌릴 수는 없었다. 아이가 태어나고부터 그의 회식은 더 잦아졌다. 업무를 핑계로 연락도 없이 외박도 했다. 나를 휘감고 올라오는 분노도 커져만 갔다. 그가 술을 마시고 늦게 오는 날이면 밤새도록 서로 죽일 듯 싸웠다. 어느 날은 극도로 예민해져 나 자신에게 칼끝을 겨누며 난동을 부렸다. 어떤 날은 물건을 집어던지며 격렬하게 소리를 쳤다. 그런 내 모습이 너무 위태로웠다. 하지만 나를 삼켜버리는 분노 앞에 나 역시 속수무책이었다.

그 상황 속에서도 3시간에 한 번씩 아기에게 분유를 먹이고 아이의 리듬과 함께하는 것이 신기할 따름이었다. 어릴 때 키우던 개가 홀로 새끼를 낳고 주인인 나에게도 등허리를 동그랗게 구부리며 털을 세우던 모습이 떠올랐다. 나도 마찬가지였다. 그야말로 본능으로 아기를 보살피고 있었다. 육아휴직을 마치고 복귀하기로 한 것도 그 무렵이었다. 함께 일하던 동료들이 뿔뿔이 흩어졌다는 소식이 들려왔다.

복귀도 무산되고 빚으로 장만했던 살림에도 타격이 오기 시작했다. 맞벌이를 꼭 해야만 했던 상황이었다. 남편은 자주 돈 얘기를 하면서 원망 섞인 하소연을 했다. 시댁에서는 미뤄둔 결혼식 이야기를 꺼내기 시작했다. 남편이 시어머니가 계획하는 예단과 결혼식을 일정을 전달할 때면 너무 외롭고 힘들었다. 할 수 없이 3개월짜리 아이를 아파트 단지 내 어린이집에 맡기고 새로운 일자리를 찾아 나섰다. 심장이 온종일 불안과 긴장으로 두근두근 방망이질 쳐댔다. 잠도 오지 않았다. 아이를 보면 눈물이 났다. 남편을 보면 으르렁거리며 이빨을 드러냈다.

산후우울증이라는 진단이 내려졌다. 항우울제를 처방해왔지만 우리는 서로의 고통을 느끼지 못하고 빈정거리는 지경에 이르렀다. 남편은 산후우울증을 비웃었다.

"애는 너 혼자 키우냐? 우리 엄마는 다섯 살 때까지 나를 혼자 키웠어. 그게 뭐 그렇게 대단하다고 유세야?"

그는 여전히 술자리를 좋아했고 업무와 동료들을 핑계로 자기 생활을 이어나갔다. 그럴수록 거칠어지는 내 모습이 비참하고 수치스러워 견딜 수가 없었다. 그냥저냥 평범하다고 느꼈던 내 삶은 방향을 잃은 채 사방으로 흩어지고 있었다.

...
사랑받을 자격이 없었던 걸까

절망이 앉아 있었다

⋮

함께 일했던 팀장님을 통해 임시직으로 일을 막 시작했다. 그 무렵 심리치료를 받고 있었다. 항우울제를 복용하고 거울로 본 눈빛은 내가 아니었다. 약을 복용한 후엔 신기하게도 미칠 것 같은 분노는 올라오지 않았다. 하지만 온갖 해결되지 않는 생각들이 마구마구 떠올라 한순간도 쉴 수 없었다. 항우울제와 수면제로 인생을 이어갈 순 없었다. 내가 믿었던 종교, 영성 서적들, 자기 계발서, 기도법 등 무엇도 도움이 되지 않았다. 단순 산후우울증이 아니었다. 혼전임신으로 아이를 낳았다고 해서 모두 나와 같지는 않을 테니.

심리치료는 어릴 적 내가 겪었던 감정의 이슈들을 찾아 내면의 상처를 치유하는 '내면 아이 치유 기법'이었다. 상담사는 사전 상담 내용을 토대로 어린 시절 상처받았던 사건을 떠올리게 했다. 그런 다음 어린 내가 느꼈을 법한 감정을 하나하나 멘트로 대변해줬다. 나는 눈을 꼭 감은 채로 상담사의 멘트를 그대로 따라했다. 상담사의 멘트가 나의 마음과 완전히 일치하지는 않았음에도 세션을 할 때마다 내 얼굴은 눈물 콧물 범벅이 되곤 했다. 그런 과정을 거쳐 다시 그때를 떠올렸다. 기억의 이미지가 다른 모습으로 떠올랐다. 머릿속의 고통스러운 기억이 다른 기억으로 대체되는 것이다.

몇 차례 세션을 받은 후 현실에서도 밤낮으로 적용했다. 혼자 아기를 목욕시키거나 설거지를 하다 보면 종종 억울한 마음이 들었다. 그럴 때마다 비슷한 감정을 느꼈을 법한 어린 시절의 기억을 더듬었다. 엄마는 유독 내게만 집안일을 시켰다. 치료사가 해주었던 것처럼 그때의 감정을 말로 표현하려고 노력했다.

'엄마는 언니도 있는데 내게만 집안일을 시킨다. 너무 짜증이 난다. 나도 언니처럼 텔레비전을 보고 싶은데 언니가 밀다. 엄마는 더 밀다.'

마음을 말로 표현하는 것은 말처럼 쉽지 않았다. 답답해서 그만두고 싶었지만 그렇게 하다 보면 분명 마음이 편해졌다. 어린 시절의 감정이 현실을 지배하고 있는 것 같았다.

남편에 대한 분노를 나의 결핍으로 인지하려고 노력했다. 용기를 내어 그에게 손을 내밀기로 했다. 그에게 거절당할까봐 두러운 감정마저도 말로 표현해서 뱉어낸 다음 상황을 다르게 인지하려 했다. 차분히 대화를 해볼 작정이었다. 그가 조금만 도와준다면 해낼 수 있을 것 같았다. 특히 매일 술 마시고 늦을 때마다 어떤 기분이 드는지, 얼마나 외롭고 힘든지 대화하고 싶었다. 나도 노력할 테니 당분간은 가정을 위해 애써달라고, 함께 해보자고 부탁하고 싶었다.

'오늘은 꼭 할 얘기가 있으니 꼭 일찍 와달라'고 문자를 보냈다. 그가 좋아하는 찌개를 끓이며 저녁을 준비하고 있는데 전화가 왔다. 그의 회사 동료였다.

"제수씨, 오늘 오랜만에 둘이서 술 한잔하려고 하는데 좀 봐주면 안 될까요?"

마지막 자존심과 희망이 와르르 무너지는 느낌이 들었다. 너무 화가 났다. 전화를 걸어온 사람과 남편의 체면을 생각할 틈이 없었다. 싸늘한 말투로 남편을 바꿔달라고 했다. 동료가 민망한 기색을 감추지 못한 채 남편을 바꿔주었다. 남편은 전화를 받자마자 불같이 소리쳤다.

"못 들어가! 아니 안 들어가!"

내 안의 상처들이 모두 들고 일어났다. 당장이라도 세상을 멸하려고 하는 것 같았다. 너무 화가 나서 화가 나면 참지 못하고 뱉어버리는 그 말, 짧은 결혼 기간 내내 입에 달고 살았던 말, 진심이 아니면 해서는 안 되는 말을 또 해버렸다.

"우리는 진짜 안 되나 보다. 이혼하자."

"그래."

가슴에서 '쿵' 하는 소리가 났다. 평소라면 그는 그냥 무시하거나 나중에 얘기하자고 했을 것이다.

11시가 넘은 시각, 그는 보통보다 일찍 집으로 들어왔다. 분유를 먹은 아이가 막 잠이 들고 조금 지나서였다.

그가 들어오기 전까지 이혼에 대해 진지하게 생각했다. 우리는 위태로움을 넘어서 있었다. 부부싸움을 하다가 창밖으로 누군가 뛰어내리거나 흉기에 상처를 입을 수도 있었다. 만삭에 가까운 임산부의 손에 들린 칼, 그 끝에 서린 살기가 기억 속에서 되살아났다. 가정생활을 이어가는 것이 불가능해 보일 만큼 우리는 많이 지쳐 있었다. 깊게 베인 상처로 가슴은 너덜너덜했다. 내가 얼마나 많은 노력을 기울이고 있는지 알 턱이 없던 그였다. 그런 그에게 많은 것을 바랐던 내가 바보 같았다.

"그래 이혼하자"라고 말하며 몸을 부들부들 떨며 서 있었다. 아니, 어쩌면 그 말을 하려 했던 게 아니라 그의 마음을 확인하려고 했을지도 모른다.

순간 커다란 손이 거세게 내 뺨을 내리쳤다. 마르고 구부정한 몸이 날아가 바닥에 내팽개쳐졌다. 다시 몸을 일으켰을 때 그는 더 세게 또 한 번 뺨을 내리쳤다. 귓속에서 삐~ 하는 기계 소리가 들렸다. 정신이 몽롱해졌다. 바닥에서 일어나지 못하고 있는

...

사랑받을 자격이 없었던 걸까

29

나에게 그는 온갖 욕설을 퍼부었다. 그래도 분이 풀리지 않는지 괴성을 지르며 몸을 밟고 다시 목을 조르다가 바닥에 내던졌다.

순식간에 일어난 일이었다. 나는 소리도 내지 못하고 바닥에서 신음하며 뒹굴고 있었다. 잠들어 있던 아이가 깨어나 울음을 터트렸다. 울음소리에 깜짝 놀라 본능적으로 아이를 안으려고 몸을 일으켰다. 하지만 충격과 공포로 몸은 말을 듣지 않았다.

과거에서 날아온 신호

⋮

하늘이는 엄마 껌딱지였다. 나를 닮아 소심하고 눈물이 많은 아이, 하지만 웃을 땐 세상의 모든 아이가 그렇듯 맑고 사랑스러웠다.

이혼 후 맡긴 가정어린이집은 다행히 성심성의껏 아이를 보살펴주는 곳이었다. 원장님은 아이들에 대한 애정이 남다르고 인품이 좋으셨다. 재직 중인 선생님들도 원장님과 오랜 관계를 유지하고 있었다. 아무 때고 어린이집을 찾아도 아이들은 자유롭고 안정된 모습이었다. 그곳에서 아이는 걸음마를 하고 말을 배우며 이른 사회생활을 시작했다.

아무리 어린이집이 믿을 수 있는 곳이라고 해도 엄마와 떨어져 지내는 긴 하루가 아이에게는 어땠을까. 날이 저물어서야 아이는 할머니 품에 안겨 집으로 돌아왔다. 퇴근해서 돌아오면 나와 꼭 붙어 있으려고 했다. 마음은 지옥 같은데 잠시도 떨어지지 않는 아이가 버겁게만 느껴졌다. 그럴 때면 우리를 친정으로 받아준 엄마에 대한 감사보다 원망이 먼저 들었다. 특별히 바쁜 것도 아닌데 어린 손주를 저녁 6시까지 어린이집에 맡겨놓는 것이 이해가 가지 않았다. 자식 이쁜 건 몰라도 손주는 이쁘다고 하던데 엄마는 아닌 것 같았다. 자식에게 없던 정은 손주에게도 없는 것일까?

적과의 동침처럼 엄마와 우리 사이에는 분명한 간극이 존재했다. 간혹 선을 넘을 것 같은 낌새가 보이면 엄마는 사랑에 빠지기 두려운 사람처럼 보이기도 했지만 대부분 냉정했다.

"너 지난번 병원비도 안 줬다. 서운하게 생각하지 마. 이렇게 된 거 서로 불편하지 않게 계산은 확실히 하는 게 좋을 것 같아서 얘기하는 거니까."

내가 집으로 돌아갈 때까지 아이 목욕이나 이유식 준비 등 대부분의 육아도 남겨놓고 있었다. 씻기고 먹이고 재우고 출근하고…… 상처와 피로, 불면이 더해져 하루하루가 고통스러웠다.

주말이 되면 엄마는 당신의 시간을 침해받고 싶지 않다는 듯 외출을 했고, 홀로 육아에 전념해야 했다. 예상하지 못한 주말 근무나 약속이 생기면 눈치가 보였다.

'삼십여 년을 이곳에서 어떻게 살아왔을까.'

그 사이 친정 살이는 낯설고 더 어색해졌다. 전쟁이 끝났다고 생각했는데 모퉁이를 돌아 다른 길로 들어선 것뿐이었다. 마음대로 할 수 있는 것이 아무것도 없었다. 죽기보다 싫어도 엄마에게 아쉬운 소리를 해야 했고, 도움을 주는 엄마에게는 감사가 아닌 원망이 먼저 들었다. 점점 있던 염치마저도 사라졌다. 모든 불행이 엄마 탓 같았다. 현실이 지긋지긋했다.

'그놈의 돈 돈 돈!'

'돈이라도 있었다면 아등바등 살지는 않을 텐데.'

'엄마는 이기적이야. 옛날부터 자기밖에 몰랐어.'

그러고 보면 엄마는 딸이 남편에게 맞고 집으로 돌아온 날에도 평소와 다름없었다. 이삿짐센터에서 온 짐들을 대강 정리하고는 초저녁부터 코를 골며 잠이 드셨다. "우리가 다 같이 아이 하나 못 키우겠냐, 아이가 있으니 집안에 밝아지는 것 같다"라고 아버지는 나를 위로하셨다. 하지만 엄마는 투박하고 쌀쌀맞은 경상도 말투로 대수롭지 않은 일상을 맞이하는 듯 아무렇지 않아 보였다. 엄마의 그런 모습에 이혼해 친정으로 들어온 죄송한 마음은커녕 서운하고 야속한 마음만 들었다.

'엄마는 나를 걱정하지 않아.'

짧지만 강렬한 문장 하나가 머릿속에서 번뜩였다.

어두컴컴한 계단 아래로

:

대여섯 살 무렵 아버지의 작은 공장이 부도가 났다. 어린 시절은 가난으로 얼룩진 기억이 전부라고 해도 과언이 아니었다. 빚쟁이들이 집으로 들이닥쳤을 때 부모님은 '한겨울에 어린것들을 데리고 어디로 가라는 거냐', '이대로 나가면 다 얼어 죽는다'며 사정도 해보고 화도 내보며 발을 동동 굴렀다. 그날 밤 나는 우리 가족이 모두 얼어 죽는 꿈을 꾸었다. 나만 홀로 남겨두고서…….

그 이후로 우리 가족은 여인숙과, 꼽등이가 살고 백열전구 하나 켜져 있는 어느 집 지하실과, 베니어합판으로 누울 자리만 간신히 만든 빈 상가 등을 전전긍긍했다. 당시 부모님이 정확하게 어떤 직업을 가졌는지 기억이 나진 않는다. 생각해보면 아버지는 닥치는 대로 용역 일을 했던 것 같다. 엄마는 한동안 태평시장에서 쥐포와 번데기를 팔았다. 그런 탓에 우리 4남매는 아주 어릴 때부터 부모님 없이 우리끼리 밥을 차려 먹고, 우리끼리 시간을 보내는 것이 일상이었다.

아침에 부모님이 나가시면 간식거리 하나 없이 먹을 것이라곤 엄마가 해둔 밥이 전부였다. 가끔은 그것마저 한꺼번에 다 먹어버렸다. 그러면 집밖으로 나와 동네를 어슬렁거리다가 누군가 먹다가 흘린 비스킷을 주워 동생들과 나눠 먹었다. 어느 날은 동네 아이들이 달려와 우리를 에워쌌다.

"땅거지래요~ 땅거지래요~."

아이들 틈바구니에서 동생들을 데리고 빠져나오느라 진땀을 뺐다. 한번은 저녁이 한참 지났는데도 부모님이 돌아오지 않았다. 배고픔에 울고 있는 동생들 때문에 언니와 함께 밥을 지으려고 열심히 쌀을 씻었다. 그런데 정작 성냥불을 켜지 못해 석유곤로에 불도 못 붙이고 끝나버렸다. 엄마가 오기 전까지 우두커니 앉아 있었다.

초등학교 입학식 날. 늦잠을 자고 있었다. 엄마가 아침 일찍 흔들어 깨웠다. 입학식이라고 학교에 가야 한다고 했다. 어리둥절했다. 부스스 눈을 비비고 일어나 세수를 했다. 평상시에 입고 다니던 옷을 그대로 입고 언제 샀는지 모르는 책가방을 멨다. 아무 말 없이 앞서 걸어가는 엄마의 뒤를 졸졸 따라 학교에 갔다. 유치원에도 다녀본 적이 없었다. 언니와 동생들하고만 지내다가 그렇게 많은 또래 친구들은 난생처음이었다. 처음 본 낯선 광경에 완전히 얼어붙고 말았다.

교실을 배정받고 자리에 앉았을 때 이곳저곳에서 웅성웅성 아웅다웅하는 반 아이들의 소리가 공포에 가깝게 느껴졌다. 아이들은 서로 다녔던 유치원 얘기도 하고 통성명도 하고 깔깔대느라 정신이 없었다. 그러다 호기심 많은 아이의 눈빛을 마주하면 어찌해야 좋을지 몰랐다. 이윽고 앞에 앉은 아이가 말을 걸어왔다. 나는 그만 아무 말도 하지 못하고 고개를 푹 숙여버렸다.

일제히 주변 아이들의 시선이 나에게 꽂혔다. 질문 공세를 받다가 입도 뻥끗 못 한 덕분에 입학 첫날부터 '벙어리'라는 별명이 붙었다.

다음 날도 늦잠을 자고 있는데 엄마가 더 시끄럽게 깨우기 시작했다. 엄마는 또다시 학교에 가야 하고 앞으로 매일매일 학교에 가야 한다고 했다. 하늘이 무너지는 것 같았다. '그 무시무시한 학교를 매일매일 가야 한다니……' 너무 막막하고 두려웠다.

'차라리 동생들과 놀이터에서 누군가 먹다 버린 비스킷을 주워다가 영웅이 되는 편이 낫지.'

학교는 지옥이었다. 수업이 끝날 때까지 집에 갈 일만 생각했다. 교실에 도착하면 물 한 모금 마시지 않고, 화장실 한 번을 가지 않고 4교시 내내 자리에만 앉아 있었다. 수업이 끝나면 어슬

렁거리며 교문을 나와 재빨리 집으로 달려갔다. 나에게 가장 편한 곳은 그럴싸한 학교보다 동생들과 보내는 컴컴한 지하방 안이었다.

가난이 아프지는 않았다. 먹고 싶은 음식 따위를 못 먹는 것이 특별히 불행하다고는 생각하지 않았다. 3녀 1남 중 둘째, 막내가 아들인 우리 집에서 아들을 꼭 낳고 싶었던 엄마가 '어쩔 수 없이 낳은 둘째'라는 것쯤은 엄마가 우리를 대하는 태도에서 이미 알 수 있었다. 그것조차 학교에 가야 하는 현실보단 나쁘지 않았다.

그런데 학교에 입학한 뒤로는 거대한 세상에서 움츠린 채 살아내야 하는 불행하고 불쌍한 아이가 되었다. 하나밖에 없는 스케치북과 크레파스를 언니가 가지고 가면 번번이 빈손으로 학교에 갔다. 그럴 때마다 선생님께 혼났다. 반 아이들은 놀려댔다. 엄마에게 준비물을 사달라고 얘기하면 엄마는 잔뜩 인상을 썼다. 투박한 목소리가 더욱 커지고 돈이 없다고 화만 냈다. 준비물이 없어서, 우산이 없어서, 엄마한테 혼나서 자주 울면서 학교에 갔다. 그리고 어느 순간 그 모든 상황에 적응할 수밖에 없는 무력한 어린아이라서 필요한 것이 있어도 입 밖으로 꺼내지도 못하고 소리 없이 울며 서 있었다.

사랑받지 못할까봐 버려질까봐

⋮

수차례 전학을 다녔지만 시골로 이사하고 나서는 친구가 생겼다. 어깨를 활짝 펴고 웃을 수 있었다. 무엇보다 산과 들, 작은 개울이 흐르는 마을이 너무 좋았다. 지금은 도시화하여 아파트와 백화점, 상점 등으로 변화했지만 1986년도의 그곳은 작은 마을이 이곳저곳에 분포된 보통의 시골이었다.

큰비가 내리면 물이 범람해 마당까지 차올랐다. 미꾸라지와 붕어가 마당에 난 풀 사이를 비집고 돌아다녔다. 나는 신이 나서 첨벙첨벙 옷이 젖는지도 모르고 미꾸라지를 잡느라 온정신이 팔려 있었다. 봄이 되면 다른 빛깔의 개구리들이 폴짝폴짝 뛰어다녔다. 밤마다 개구리들과 이름 모를 풀벌레들의 합창 소리를 자장가 삼아 곤히 잠들었다.

아버지는 느타리버섯 농장에서 일을 하며 버섯 재배 일을 배웠다. 대출을 받아 빌린 아랫마을 언덕땅에 느타리버섯을 재배할 수 있는 비닐하우스를 지었다. 그 옆에 비닐하우스 한 동을 따로 지어 살림할 수 있는 공간을 만들었다. 그렇게 우리의 새집이 탄생했다. 버섯 농사가 본격적으로 시작되자 농장은 활기를 띠기 시작했다. 회색빛 느타리버섯이 몽골몽골 피어났다. 사람들이 버섯 수확을 위해 하우스를 오고갈 때면 어쩐지 즐거웠다.

반가운 새 식구도 생겼다. 루루였다. 시골에서 한 집에 한 마리씩 키우고 있는 전형적인 똥개였던 루루는 꼬리가 짧은 것이 특징이었다. 짧아서 잘 보이지도 않는 꼬리를 바짝 세우고 허리까지 흔들어대는 귀여운 루루가 우리 집에 처음 왔던 날, 문밖에서 끙끙거리는 루루를 잃어버릴까봐 밤잠을 설쳤다.

늦잠꾸러기인 내가 새벽같이 일어나 루루의 존재를 확인하며 하루를 시작했다. 루루는 그림자처럼 우리를 따라다녔다. 칠흑 같은 어둠에 둘러싸인 '푸세식' 화장실 앞에서 루루의 짧은 꼬리는 작은 전구가 달린 것처럼 반짝이며 주변을 밝혔다. 집에 다다를 무렵 멀리서 발소리를 듣고 미끄러지듯 언덕을 내려오는 루루 덕분에 하굣길이 즐거웠다. 루루와 함께 천방지축 온 산을 누볐다. 엄마에게 혼나서 밖으로 쫓겨나 울고 있을 때도 내 얼굴에 침 범벅을 해놓던 루루는 고달팠던 삶에 한 줄기 빛 같은 존재였다.

따뜻했던 시절은 아쉽게도 그리 오래가지 않았다. 버섯을 파는 날엔 온 식구가 둘러앉아 통닭을 먹던 행복도 멀어져갔다. 버섯 종균이 잘못 배양되어 피땀 흘려 심은 버섯이 피어오르기가 무섭게 빨갛게 말라죽었다. 한동안 아버지는 종균 자체가 문제였다며 회사의 잘못을 규명하기 위해 사방팔방으로 뛰어다녔다. 그 결과 아버지와 버섯농장이 농민 신문 지면을 장식했지만 언론도 힘이 되어주지 못했다. 빚으로 시작했던 아버지의 농사는 어느 곳에서도 보상받지 못했고 가난은 더욱 극심해졌다. 그때의 가난은 희망마저 앗아간 느낌이었다.

버섯 농사를 그만두었지만 우리는 여전히 비닐하우스를 떠날 수 없었다. 밤이면 천장에서 쥐가 부스럭거리는 소리와 그런 쥐를 향해 우당탕 돌진하는 고양이 소리가 천둥처럼 울렸다. 부모님의 싸움은 이전보다 잦고 격렬했으며 오랜 냉전으로 이어졌다. 우리 4남매는 학교에서 돌아오면 스스로 밥을 챙겨 먹으며 우리끼리 보내는 시간이 많아졌다. 부모님은 한 살 차이 나는 언니에게 '우리가 없으면 네가 부모 대신'이라며 10대였던 언니에게 양육의 일부를 전가했다.

여느 때처럼 학교에서 돌아오는 길이었다. 언제나 언덕에서 득달같이 달려오던 루루가 보이지 않았다. 불길한 예감에 밤이 늦도록 울며불며 온 동네를 찾아다녔다. 밤을 꼬박 새우고 꺼이꺼이 울면서 학교에 갔다. 학교에서도 내내 루루를 생각하며 하루루를 보내다가 끝나기가 무섭게 루루와 자주 놀던 뒷동산으로 달려갔다.

그 후로 루루를 다시 만날 수 없었다. 이웃집에 식용으로 팔려간 것이었다. 나를 위로해주던 거의 유일한 존재. 나는 동생과 함께 루루가 떠난 잿더미에서 루루의 것으로 보이는 것들을 수습해 땅에 묻고 나뭇가지로 작은 십자가를 만들어주었다.

우리에게서 루루를 데려간 것은 무엇이었을까? 가난이었을까? 그때의 나로서는 아무리 생각해봐도 무엇이 그리도 절박했는지 알 수 없었다. 루루를 데려간 세상은 내게도 그저 가혹하고 삭막하기만 했다. 언니에게 맞은 날도, 아이들이 보는 앞에서 선생님께 무자비하게 맞은 날도 말할 곳이 없었다.

우리 4남매는 같은 환경에서 살았지만 살아가는 방식은 다 달랐다. 부모님이 누구에게나 공평한 것은 아니었다. 동생들에게는 폭군이었던 언니는 대외적으로는 모범생이었다. 엄마의 도시락이 마음에 안 들면 직접 김치를 볶거나 어떻게든 돈을 타내서 문구점에서 파는 소시지라도 볶아 도시락을 싸 가면서 스스로의 자리를 지켜냈다. 부모님은 언니에게 거는 기대가 컸다.

셋째 여동생은 엄마가 돈을 주지 않으면 절대 자리에서 일어나지 않았다. 바늘로 찔러도 피 한 방울 나오지 않을 것 같은 엄마에게 악착같이 받아냈다. 막내딸이고 아빠를 빼다 박은 외모 때문인지는 모르겠지만 아빠도 유난히 동생을 예뻐했다. 동생은 그 어려운 형편에 차곡차곡 돈을 모아 자기가 원하는 것을 샀다. 남동생은 엄마에게 유일하게 사랑받는 존재였다. 도시락이나 준비물, 생일 따위를 걱정하지 않았다.

반면에 나는 자기 밥그릇도 챙기지 못했다. 언니에게 빼앗기거나 양보를 강요하기도 전에 이내 포기해버렸다.

"나를 팔아서 가져가라."

"소풍 가는데 돈이 왜 필요하냐."

"밥 먹었으면 됐지 뭘 더 먹으려고 하느냐."

정당하게 요구해야 할 것조차 입도 뻥긋하지 못했다. 엄마는 이런 내가 짜증이 났던지 '등신 같은 년'이라고 불렀다. 나는 진짜 엄마 말대로 되어갔다. 엄마가 심부름이나 집안일을 시키면 언니와 여동생은 못 들은 척했지만 나는 눈치를 보다가 엄마 목소리가 커지면 벌떡 일어났다. 일을 도맡아 했고 엄마가 시키기도 전에 눈치껏 상황을 파악하고는 움직였다. 시키지 않아도 알아서 하는 아이, 말 잘 듣는 아이, 착한 아이.

나는 이 세상에서 사랑받지 못할까봐 버려질까봐 두려운, 그런 아이였다.

가난은 비누에 새겨진 쥐 이빨 자국처럼

:

하우스 안은 낮에도 컴컴했다. 햇살은 조그만 비닐 창문 곁에 잠시 머물다 사라졌다. 장마철엔 천장에 고인 빗물이 방바닥 여기저기에 툭툭 떨어졌다. 부엌에 있는 냄비가 방 안으로 줄줄이 동원되면 빗물은 냄비 안에 차곡차곡 쌓여갔다. 겨울밤이면 방 안에 떠놓은 물은 쩡 소리가 나게 얼어 있었다. 생쥐들은 어둠을 틈타 비누를 갉아먹었다. 내가 목격한 가난은 비누에 새겨진 생쥐의 이빨 자국처럼 하찮고 선명했다.

그런 숱한 날 중에 몹시도 평범한 날이었다. 저녁을 먹고 설거지가 끝나고 일일 드라마를 보고 있었다. 엄마가 배를 움켜쥐며 바닥으로 쓰러졌다. 엄마는 얼굴이 하얗게 질려 땀이 범벅이 된 채 배를 움켜쥐고는 방 안을 굴러다녔다. 당장이라도 숨이 넘어갈 것만 같았다.

엄마가 죽을지도 모른다는 두려움에 울음바다가 되었다. 할 수 있는 것은 당장 아랫마을로 달려가 소화제인 까스활명수와 훼스탈을 사 오는 것뿐이었는데 문제는 돈이었다. 집 안을 샅샅이 뒤져봐도 동전 하나 나오지 않았다. 나는 동생과 옆집으로 달려갔다.

"아줌마, 우리 엄마가 지금 갑자기 너무 아파요. 죽을 것만 같아요. 바닥에 쓰러져서 아파하고 계세요."

"뭘 잘못 드셨니?"

"저녁을 먹긴 했는데 TV를 보다가 갑자기 그렇게 되셨어요. 천 원만 빌려주시면 안 될까요? 가게에서 약이라도 사 오려고요. 급해요, 아줌마! 아빠 오시면 꼭 가져다 드릴게요."

아주머니는 난처한 표정으로 안으로 들어가더니 곧 다시 나오셨다.

"애, 우리도 없구나."

"혹시 500원만이라도 없으신가요? 까스활명수는 500원이면 되는데……."

"우리도 하나도 없어."

그 옆집으로 달려갔다. 사정을 듣고는 백 원짜리 오십 원짜리 십 원짜리를 섞어서 손에 쥐어주셨다. 아랫마을로 내달려 까스활명수와 훼스탈을 사서 집으로 갔다. 엄마가 제발 죽지 않고 기다려주길……. 까스활명수와 훼스탈이 엄마를 분명 살릴 수 있을 거라 믿었다. 나와 동생이 심하게 아팠을 때도 금방 나았으니까.

집에 도착하니 엄마는 자리에서 몸을 일으키고 앉아 있었다. 당장 죽을 것처럼은 보이지 않았다. 어쩐지 허무했지만 그래도 엄마가 아픈 것보다는 나았다. 엄마는 힘없이 우리가 사 온 까스활명수를 들이켜면서 괜한 일을 했다고 타박하듯 말했다.

조금 후 아빠가 집으로 들어왔다. 우리는 아빠에게 물 만난 고기처럼 달려들었다. 하마터면 엄마가 죽을 뻔했다고, 그런데 집에 돈이 하나도 없었다고, 열변을 토해내다가 이내 멈출 수밖에 없었다. 그러기엔 엄마도 감쪽같이 쌩쌩했고, 무엇보다 아빠의 반응이 한참 예상을 빗나갔기 때문이었다.

"아니, 당신은 도대체 뭘 먹었길래 그 모양이야? 아무거나 막 먹으니까 그렇지!"

저녁 반찬으로 먹은 고추 부각이 위경련을 일으킨 것이었다. 아빠의 한마디는 엄마를 사경을 헤매다 겨우 살아난 사람에서 퉁명스럽고 화난 사람으로 원상 복귀시켜버렸다.

아빠는 어디에 있었을까? 아빠는 왜, 언제나 중요한 순간엔 거기에 없었을까? 그 자리에 있었더라면 아빠는 엄마를 다르게 대하지 않았을까? 이웃집 아주머니가 바닥에 쓰러져 신음하는 엄마를 직접 보았다면, 그랬더라면 다른 방식으로라도 우리를

…
사랑받을 자격이 없었던 걸까

도와주었을까? 인생의 많은 순간들은 왜 어쩔 수 없는 일이라는 듯, 그렇게 버젓이, 우연인 듯, 운명처럼 일어날까?

흔들리던 시절

⋮

고등학교 때 나는 친구들과 어울려 화장을 하고 담배를 피우고 술을 마셨다. 키가 작은 편이었지만 언제나 교실 맨 끝 가장자리에 앉았다. 교과서를 베개 삼아 잠을 자다가 하교를 알리는 종소리가 울리고 교실이 시끄러워져서야 자리를 털고 일어났다. 어느 날 작은 호프집을 통째로 빌린 친구의 생일 파티에서 다른 지역 동급생 남학생을 알게 되었다. 첫눈에 호감을 느낀 우리는 두 번째 만남에서 사귀기로 했다.

그 애는 단순히 친구들과 어울려 노는 차원을 넘어서 그 지역에서 이름만 대면 알 법한 소위 말하는 '날라리'였다. 철없던 눈에는 그런 모습이 오히려 신선한 자극으로 다가왔다. 그러나 그 애는 내가 순진해서 부담스럽다고 했다. 얼마 지나지 않아 이별

···
사랑받을 자격이 없었던 걸까

을 고했다. 그땐 이미 그 애를 잊을 수 없을 만큼 푹 빠져버린 상태였다. 당연히 학교생활은 더 엉망이 되었다. 몇 차례 술을 마시고 전화를 걸어 잊지 못하겠다고 울먹였다. 그 이후 간간이 연락을 주고받던 그 애와 다시 만나게 된 것은 스무 살이 되던 해 고등학교 졸업식이었다.

그날 새벽, 그 애의 손에 이끌려 들어간 허름하고 쾌쾌한 여인숙에서 생각지도 못하게 하룻밤을 보냈다. 원했던 관계가 아닌 탓에 며칠간 걷기도 힘들 만큼 아팠다. 상대가 나를 사랑하지 않는다는 것을 알고 있었다. 하지만 인정하고 싶지 않았다. 밖에서 만나는 게 귀찮다며 집으로 오라고 했을 때도 택시를 타고 그 애의 집으로 갔다. 혼자 집으로 돌아오며 비참한 마음이 차오르는 것을 꾸역꾸역 눌렀다. 다시는 연락하지 않겠다고 뒤늦은 다짐을 했다.

친구들을 만나 화려한 조명과 쿵쾅거리는 대형 스피커 앞에서 술에 취해 미친 듯이 춤을 추었다. 모든 것을 잊으려고 노력했다. 적어도 그 순간만큼은 아무 생각도 들지 않았다. 이럴 때 어떻게 해야 하는지 몰랐던 나로서는 그것이 최선이었다. 며칠 후 친구에게서 나이트클럽에서 미팅을 한다는 연락이 왔다. 별 뜻 없이 그냥 춤이나 추자는 마음으로 나갔다.

처음 보는 남자들과 술을 진탕 마시며 춤을 추었다. 그 애 생각이 났지만 무르익은 분위기 덕에 금방 떨칠 수 있었다. 나이트클럽을 나와 일행들이 모텔로 옮겨 한잔 더 하고 가자고 했다. 피곤해서 집으로 가고 싶었지만 분위기에 휩쓸려 안으로 들어갔다. 얼마 지나지 않아 무언가 잘못되었다는 것을 깨달았다. 이미 늦은 후였다.

가까스로 모텔을 빠져나왔을 때 심장이 미친 듯이 뛰고 있었다. 머릿속에서 누군가 짧고 분명하게 속삭였다.

'넌 더럽혀졌어! 이제 너는 더러운 애야!'

계획에도 없던 임신을 하게 되었다. 그것도 아빠가 누군지도 모르는.

낙태 수술을 받았다. 이런 상황에 처하게 된 자괴감과 아이를 지웠다는 죄책감에 몹시 고통스러운 나날을 보냈다. 스무 살에 만난 세상은 너무 아프고 외로운 곳이었다. 시간이 흘러 새살이 돋아났지만 내 여성성의 시작은 언제나 차가웠던 그날 새벽, 쾌쾌한 냄새가 나는 여인숙에 머물러 있었다.

성인이 된 이후로도 나는 누구와도 진실하고 안정적인 관계로 발전하지 못했다. 버려지는 데 대한 두려움이 늘 앞섰다. 상대에게 맞추기 위해 연기를 했다. 내 마음이나 몸은 관심 밖이었다. 가장 아름답고 빛나야 할 젊은 날들을 도돌이표처럼 무한 반복하며 누군가에게 받은 상처를 다른 누군가에게 갚아주며 살았다. 그 과정에서 상처를 받는 것은 정작 나 자신이라는 것을 알지 못했다.

...
사랑받을 자격이 없었던 걸까

하늘이의 개똥 사건 전말

⋮

"엄마, 엄마도 개똥 밟은 적 있어?"

산책을 하던 중 아이가 물었다. 공원을 다니는 강아지들을 보고 그때의 사건이 떠올랐나 보다. 아홉 살 아이로서는 결코 일어나서는 안 되는, 절대 비밀로 하고 싶었던 사건이었을 것이다.

하늘이가 초등학교 2학년 때였다. 어느 날 담임선생님에게 전화가 왔다. 체육 시간에 하늘이가 친구들과 놀다가 갑자기 울면서 화장실로 뛰어가더란다. 무슨 일이 있는지 물어봐도 대답을 피하고 울기만 했다고 한다. 교무실로 따로 불러 이유를 물어보니 그제야 모래 놀이를 하다가 물컹한 것이 만져져서 진흙인 줄 알고 뭉갰는데 '개똥'이었다고, 열두 번이나 씻었는데도 냄새가 날까봐 두렵다고 털어놓았단다. 선생님은 핸드크림을 발라주며 절대로 손에 개똥이 남아 있지 않을 거라고 안심을 시켰다. 그래도 여전히 근심이 남아 있는 얼굴로 "선생님, 제가 손으로 개똥을 만진 것은 절대로 친구들한테 비밀로 해주세요"라는 말을 남기고 돌아갔다며, 집에서도 하늘이와 대화를 해보라고 했다.

퇴근해서 '하늘이가 개똥 만진 사건'에 대해 얘길 꺼냈을 때, 하늘이의 표정이 금세 어두워졌다.

"엄마, 학교에서 손을 열두 번을 씻고 집에서도 씻었는데 손에서 아직도 똥냄새가 나는 것 같아. 그것도 너무 싫은데 친구들이 나 똥 만진 거 알고 나랑 안 놀면 어쩌지?"

나는 하늘이의 손을 내 코에 대고 킁킁거리며 과장된 말투로 말했다.

"하늘아, 하늘이 손에서 꽃향기가 나는걸! 우리 핸드크림 냄새가 이렇게 좋았었나! 킁킁 킁킁!"

그제야 조금 마음이 놓인 듯 주방에서 설거지하는 할머니를 향해 소리쳤다.

"할머니! 이제 손에서 냄새가 안 나는 것 같아요."

"그런데 엄마, 나 이 사실을 친구들이 알게 될까봐 너무 걱정돼. 애들이 내가 똥 만졌다는 걸 알면 더럽다고 할 텐데……. 애들이 놀리면 어떻게 하지?"

미간을 찌푸리며 고민에 빠진 아이의 모습이 무척 귀엽고 사랑스러웠다.

"하늘아, 똥이 손에 묻었을 땐 손이 잠깐 더러워질 수 있지만 씻으면 이렇게 바로 깨끗해지잖아. 이제 하늘이의 손은 이렇게 깨끗하고 향기로운데!"

잠시 무언가를 골똘히 생각하던 하늘이는 다시 얼굴이 어두워졌다.

"아니야! 엄마, 나는 똥을 손으로 만졌어! 그 똥이 얼마나 물컹하고 기분이 나빴는지 몰라. 냄새는 얼마나 지독했다고. 아이들이 내가 그렇게 더러운 것을 만졌다는 사실을 알면 나를 놀릴 거야. 분명히 더럽다고 할 거야, 엄마!"

하늘이는 자신이 똥을 만졌다는 사실에 정말 괴로워하고 있었다.

"하늘아, 엄마도 똥 만진 적 많아. 하늘이 아기 때는 엄마가 하늘이 기저귀를 갈다가 손에 하늘이의 똥이 묻은 게 한두 번이 아닌데? 그리고 엄마가 초등학교 때 길에서 사람 똥을 밟은 적도 있어. 하늘이를 낳기 전에는 키우던 강아지 깜이가 길에서 똥을 주워 먹어서 엄마가 손으로 빼준 적도 있어. 큰이모는 있잖아. 하하하. 예전에는 지금 같은 화장실이 아니었거든. '푸세식'이라고, 그 안에 똥이 그대로 있었거든. 거기에서 볼일을 보고 나오다가 화장실에 풍덩 빠진 적도 있어. 다리 전체에 똥이 범벅이 됐다니깐. 그때 진짜 더러웠는데, 윽! 엄청 웃겼어."

"정말?"

하늘이의 눈이 휘둥그레졌다.

"어, 정말이야. 더러운 것은 씻으면 그만이야. 아무리 더러운 것이 우리한테 묻어도 씻고 나면 다 깨끗해져. 하늘이가 똥을 만졌다고 해도 하늘이의 손에 잠깐 더러운 것이 묻었을 뿐이지 하늘이가 더러워지는 것은 아니야. 무슨 말인지 알지?"

하늘이의 두 손을 내 볼에 비비며 웃었다. 하늘이도 따라 웃었다. 이것이 일명 '하늘이의 개똥 사건' 전말이었다.

우리는 그때 일을 회상하며 재잘대며 동네 둘레길을 걸었다.

"엄마는 사람 똥도 밟았었어. 사람 똥이 냄새 더 지독한 거 알지? 장난 아니야!"

"그래서 어떻게 했어? 그 신발 버렸어?"

"아니, 집에 가서 물로 씻은 다음 빨아서 다시 신었지. 정말 좋아하는 운동화였거든. 근데 하늘아, 너 2학년 때 개똥 만지고 엄청나게 울어서 선생님이 엄마한테 전화까지 했었는데, 기억나?"

"당연하지. 그때 나 열두 번이나 손을 씻었잖아."

"그때 엄마가 뭐라고 했었는지도 기억나?"

"엄마가 더러운 게 묻으면 씻으면 된다고 했잖아. 근데 그때는 열두 번이나 손을 씻어도 계속 냄새가 나는 것 같았어."

"맞아, 그랬지. 네가 막 친구들이 더럽다고 너랑 안 놀까봐 걱정된다고 했을 때도 엄마가 뭐라고 했던 것 같은데, 엄마도 기억이 잘 안 나서……."

"아! 그때 엄마가 그랬잖아. 더러운 게 묻으면 씻으면 된다고 하면서, 깨끗해지니까 걱정 안 해도 된다고 했던 것 같은데."

"맞아, 엄마가 그랬지. 그래, 하늘아 맞아. 더러운 게 묻었다고 하늘이가 더러워지는 것은 아니라고 했지. 잠깐 더러운 게 묻었을 뿐이니까. 지나가다가 똥이 있는 줄 모르고 밟으면 열심히 빨아서 다시 신으면 되는 거였네! 그럼 깨끗해지는 거였어!"

순간, 망치로 뒤통수를 한 대 맞은 것 같았다.

'그런데…… 왜…… 그동안 내가 밟은 그 똥이 나라고 생각했을까.'

정신이 번쩍 들었다. 마음 깊은 곳 어딘가에서 뜨거운 눈물이 조용히 흘러나와 바짝 올려 쓴 마스크 안쪽으로 흘러내렸다.

"눈에 뭐가 들어갔나봐. 왜 눈물이 나지?"

산책을 마무리하고 집으로 돌아와 곰곰이 생각했다. 이 간단한 사실을 왜 이제야 깨닫게 되었는지에 대해서. 아직도 내가 저 아래에서 허우적거리고 있다는 생각들이 나를 수면 아래로 끌어내리려 하는 것 같았다.

생각하고 싶지도 않은 일이지만 만약에, 아주 만약에 하늘이가 그런 일을 겪고 와서 모든 것을 털어놓는다면? 고통에서 빠져나오지 못하면 어떻게 해야 할까? 어떻게 아이를 위로해주어야 할까? 하늘이를 어떤 시선으로 보게 될까? 나 자신에게 물어보았다. 그러자 언제나 그랬던 것처럼 모든 것이 명료해졌다. 그런 일을 당했다고 해서 하늘이의 존재는 절대로 달라지지 않는다. 달라지는 것은 아무것도 없다. 상처받은 몸과 마음은 새살이 날 때까지 치료하면 된다. 절대로 하늘이가 달라지거나 더럽혀지는 일 따위는 일어나지 않는다.

'더러운 것은 씻으면 그만이야. 씻고 나면 다 깨끗해져. 하늘이가 똥을 만졌다고 해도 하늘이의 손에 잠깐 더러운 것이 묻었을 뿐이지 하늘이가 더러워지는 것은 아니야.'

나는 하늘이가 들을 때까지 이 말을 외치고 또 외칠 것이다.

스무 살이 되던 해, 내가 겪었던 사건의 충격과 공포는 고스란히 마음속 깊은 곳에 수장되어 있었다. 그것이 거기서 영영 떠오르지 않기를 바랐다. 세월이라는 거대한 물살을 타고 떠오르려 할 때면 애써 고개를 가로저었다. 하지만 그 세월의 흐름 앞에 이제 나는 한 생명의 엄마가 되었다. 내가 살아온 이 세상을 살아야 할 딸아이를 위해 더는 차갑고 낯선 곳에 나를 내버려둘 수 없다는 것을 깨달았다. 나를 꼭닮은 또 하나의 나를 위해 거센 물살을 헤엄쳐 아래로 내려갔다.

너를 만나기 위해, 내가 이렇게 많이 아팠나봐

네가 나에게로 오지 않았다면

여전히 그날, 그곳에 머물러 있었을 거야.

'무엇이 나를 이곳으로 이끌었을까'라고 던진 짧고 단순한 질문이 삶 구석구석을 비추기 시작했다. 그리고 아이가 태어나기 이전에는 한 번도 깨닫지 못했던 찬란한 빛과 사랑을 확신하게 되었다.

2

그때 그 자리에 있던 사랑

깊숙이 뻗은 운명이라는 뿌리

⋮

남편과 헤어지고 나니 혼자서 아이를 양육하는 일이 어떤 것인지 피부에 와닿기 시작했다. 그는 아파트 전세금 대출액을 갚고 결혼 기간 불어난 빚도 상환해야 한다며 당분간은 양육비를 보낼 수 없다고 했다.

친정엄마와 함께 200일 가족사진을 찍으러 갔다. 아기자기한 스튜디오에서 여러 콘셉트에 맞춰 아기가 옷을 갈아입을 때마다 함께 감탄하고 기뻐하던 기억이 떠올랐다. 50일 기념사진을 찍을 때는 시부모님도 함께 스튜디오에 갔었다. 그때는 시부모님의 아이에 대한 사랑이 유별나다 싶어 그 자리가 내심 불편했다. 그런데 이제는 그보다 훨씬 불편한 상황이 되어, '아이 아빠가 오지 못한 이유'를 둘러댈 말을 짜내고 있었다. '차라리 가지 말까?' 생각도 했지만 이미 돌 사진 비용까지 지급한 상황이었다. 그보다 아이의 성장 앨범을 찍어주지 않으면 평생 후회할 게 분명했다.

지난번에도 함께 촬영을 진행했던 스태프들이 우리를 맞이했다.

"아버님은 언제 오세요? 가족사진을 한 컷 정도 넣어 드리려고 하는데 아버님 오시면 진행을 해야 할 것 같아서요."

순간, 친정엄마 말대로 아이 아빠가 외국으로 출장을 갔다고 넘길까 생각하다가 "저희 헤어졌어요, 가족사진은 괜찮아요"라고 말해버렸다. 목소리가 나도 모르게 떨렸다. 내 표정이 어땠는지 스태프의 태도에서 알 수 있었다. 얼굴이 벌겋게 달아올라 머뭇거리다가 서둘러 방을 나갔다. 잠시 뒤 그 스태프가 다시 들어와 목소리를 가다듬고는 말했다.

"죄송합니다. 힘드실 텐데······"라며 짧은 위로를 건넸다.

"아녜요. 당연히 물어보셔야 하는 건데요."

사진을 찍는 내내 스튜디오에는 알 수 없는 적막함이 꿈틀거렸다. 그제야 참 바보 같다는 생각이 들었다. 어리석다는 것이 무엇인지 모르고 어리석게 살아온 내 자신이 보였다. 결혼 생활에 대해서도, 엄마가 된다는 것도, 나라는 존재의 인생조차도 진지하게 생각해본 적 없었다. 그로 인해 내가 짊어지고 가야 할 책임과 삶의 숙제가 산적해 놓여 있었다.

10년을 넘게 살았던 동네에서 '운명, 사주, 택일'이라는 간판이 눈에 들어온 것은 처음이었다. 평소 그런 데 관심을 가져본 적이 없었다. 무언가에 이끌리듯 안으로 들어갔다. 70대로 보이는 뿔테 안경을 쓴 노인이 인기척을 듣고 밖으로 나왔다. 10년 전쯤 친구들과 사주 카페에서 재미 삼아 사주를 봤던 게 생각났다. 살아가면서 고생을 많이 하겠지만 결국 자수성가할 사주라고 했다. 어디서든지 살아남는 '강한 생활력'이 있다는 말에 친구들이 비웃었다. "얘가요? 에이, 그럴 리가……."

노인은 천천히 사주팔자 여덟 글자와 운의 흐름을 살피더니 쓰고 있던 뿔테 안경을 벗어 테이블 위에 올려놓으며 말했다.

"많이 떠돌아다니는 사주네. 안정을 찾기가 힘들어. 남자 복도 없고."

결정적으로 남자 복이 없다는 말에 눈이 휘둥그레졌다. 왠지 인생의 어떤 답을 제시해줄 것만 같았다.

"아가씨, 결혼은 최대한 늦게 해. 이혼할 사주야."

몹시 놀랐다. 그 말만으로 무언가 위로를 받는 느낌이 들어 눈시울이 시큰해졌다.

"선생님, 제가 그렇지 않아도 얼마 전에 이혼했어요."

"그렇지, 그랬을 것 같더라. 이 사주는 남편이 없는 사주야. 주변에 남자는 수두룩한데 내 것은 없네. 아가씨는 부모형제가 다 도움이 안 되네, 쯧."

"그럼 어떻게 해야 하나요? 언제 좀 괜찮아지나요?"

"지금 특히 운이 너무 안 좋아. 앞으로 10년 동안은 정말 죽었다고 생각하고 살아야 해."

"지금도 너무 힘든데, 10년이나요? 아⋯⋯."

"이름 좀 한자로 적어봐."

나는 이름을 한자로 또박또박 적어 노인에게 내밀었다.

"내가 성명학 박사라 성명학으로는 유명해. 그러니 여기서 20년도 넘게 철학관을 할 수 있는 거고. 가만있자⋯⋯, 아가씨는 이름도 문제네. 이 이름은 누가 아가씨한테 '장혜진, 혜진'이라고 부를 때마다 '너 죽어라, 너 죽어라' 하는 이름이야."

내가 대답하거나 물어볼 틈도 없이 노인이 연이어 말했다.

"근데 아가씨는 이름만 바꿔서는 약해. 사주가 너무 안 좋아. 사주를 바꿔야 해. 어지간한 사람은 이름만 바꿔도 되는데⋯⋯."

노인의 말을 들으니 잠시 혼란스러웠다. 나를 꿰뚫어보는 듯한 노인의 말을 듣다 보니 오랜 세월 같은 자리에 있던 철학관에 내가 우연히 들어온 것이 아니라는 생각마저 들었다.

"사주가 바뀌나요? 어떻게 해야 사주가 바뀌죠?"

"그럼. 당연히 쉽지는 않지만 방법이 있어."

"어떻게 해야 하나요?"

"300만 원이야."

"네? 300만 원이요? 제가 지금 아이를 혼자 키우게 돼서요.

양육비도 못 받고 있고요. 너무 큰 금액이에요."

"사주를 바꾸는 게 그렇게 간단한 일이 아니야. 얼마나 정성이 많이 필요한데. 아가씨는 사주 안 바꾸면 더 힘들어."

"만약에 제가 한다고 하면 어떤 식으로 진행이 되는 건가요? 저도 뭔가를 해야 하나요?"

노인의 눈이 반짝하고 빛이 났다.

"새벽에 일어나서 매일 정성을 드리고, 보름달 뜨는 밤에 산에 올라가서 부적도 태우고, 땅에도 묻고, 여러 가지 의식을 많이 해. 한두 가지가 아니야."

"아……, 그럼 사주가 바뀌는구나. 그런데요 선생님. 사주만 바꾸면 이름은 안 바꿔도 되나요?"

노인이 잠시 무언가를 생각하는 듯하더니 말했다.

"사주가 이름보다 더 중요한 거니까."

"선생님, 제가 진짜 너무 궁금해서 그러는데요, 저는 왜 이런 사주를 가지고 태어난 걸까요?"

"전생에 죄가 많아서 그래."

"제가 무슨 죄를 그렇게 많이 지었을까요?"

"남편 밥도 안 차려주고, 남자를 너무 무시하고……, 음……, 자기 멋대로……."

말을 다 끝맺기도 전에 나는 자리에서 벌떡 일어났다.

"저 안 되겠어요! 괜히 지금 사주를 바꿨다가 다음 생에 더 이

상한 사주로 태어날까봐 무서워요. 그냥 저는 전생에 지은 죄,
이생에서 다 갚으며 살게요."

　노인이 언짢은 듯 휙 하고 돌아앉았다. 테이블에 3만 원을 올
려두고 밖으로 나왔다.

　8월의 태양이 지구를 뜨겁게 달구고 있었다.

때로는 맞닥뜨려야 할 때가 있다

:

　이혼 후 1년여 동안 그의 소식을 들을 수 없었다. 그러다가 전혀 예상하지 못했던 곳에서 소식이 들려왔다. 우리 언니였다. 이혼 후 아이조차 찾지 않는 그를 모두가 괘씸해하던 차였다. 언니는 커뮤니티나 SNS 등을 뒤져 CSI만큼이나 빠른 수사를 해내는 재능이 있었다.

　"내가 그럴 줄 알았어! ○○○ 결혼한대! 12월 ○○일에."

　"다음 달이네……."

　그는 생각보다 훨씬 빠르게 새로운 시작을 앞두고 있었다. 결혼 생활 중에 생긴 빚을 갚고 조금 안정되면 주기적으로 아이를 만나고 양육비도 지급하겠다고 했었다. 전혀 예상하지 않았던 일은 아니었다. 언니는 이따금 그의 상황이 업데이트될 때마다

...
그때 그 자리에 있던 사랑

상황을 생중계하며 험담을 늘어놓았다. 신부가 될 사람의 키가 어떻고 얼굴이 어떻고, 어디서 만났는지 등의 사소한 얘기까지 전해 들으니 점점 신경이 쓰였다.

어느 날 언니에게서 굳이 보고 싶지 않은 결혼식 사진 몇 장을 전송받았다. 그가 식장으로 입장하는 모습, 하얀 드레스를 입은 신부와 나란히 하객들 앞에서 웃고 있는 모습, 그리고 그의 어머니와 가족들 여동생 내외가 한복을 차려입은 모습⋯⋯. 막상 눈으로 확인하니 온갖 감정이 일었다. 상상 속에서 아이를 데리고 찾아가 결혼식을 박살내기도 하고 네가 사람이냐고 멱살을 움켜쥐기도 했다.

이런 사진을 왜 내게 보내느냐며 앞으로 그의 소식을 전하지 말라고 애꿎은 언니에게 으름장을 놓았다. 그날 퇴근길은 유난히 길었다. 사실 그의 결혼 소식을 듣고 결혼식 당일까지 줄곧 알 수 없는 감정들이 뒤엉켰다. 그 감정을 어떻게 정의해야 할지 막막했다.

멍하니 전방을 주시하며 운전을 했다. 머릿속에서 그의 결혼식 사진이 떠올랐다. 그리고 그와 함께했던 짧은 결혼 생활이 떠올랐다. 결국 파국으로 끝나버린 공간, 6층 아파트에서 우리는 즐거웠던 시간도 많았다.

낡은 아파트를 인테리어 한답시고 그는 월차를 내고 온종일 시트지를 붙였다. 폴라로이드 사진을 걸어놓으며 함께 웃었다.

내가 끓여준 김치찌개가 제일 맛있다며 퇴근 후 부리나케 달려 들어와 세상에서 가장 맛있는 음식을 대하듯 먹어주었다. 명품 가방 하나 없는 내가 늘 마음에 걸려서 큰맘 먹고 준비했다며 생일날 백화점에서 산 신상 가방을 내밀며 해맑게 웃었다.

"카드를 쓰긴 했지만 자기 걱정 안 시킬게."

크리스마스엔 온종일 정성껏 만든 음식으로 파티를 준비해놓았다. 임시직으로 일하던 어느 주말 특근을 하고 돌아오니 그는 아이와 함께 잠이 들어 있었다. 퇴근해서 돌아온 나를 보고는 일어나 머리를 긁적였다.

"자기 오기 전에 저녁 준비해놓으려고 했는데 너무 피곤해서 잠들었네" 하며 주방으로 가던 그가 떠올랐다.

너에게서 나를 본다

⋮

어느 날엔가 그는 잔뜩 화가 난 나를 위해 일찍 퇴근해 꽃다발을 사 들고 집에 왔다. 서슬 퍼런 눈빛으로 설거지를 하는 내게 그동안 미안했다며 수줍은 미소를 가득 머금고 꽃다발을 내밀었다. 나는 꽃다발을 가지고 온 그의 마음 따위에는 전혀 관심이 없었다. 그저 꽃다발을 산 돈이 너무 아까웠다. 그리고 밥 먹듯이 해대는 그놈의 미안하다는 소리도 진절머리가 났다. 앞으로도 그가 조금도 변하지 않을 거라는 확신에 꽃다발을 받아 들지도 않았다.

평일엔 자주 늦어서 미안하다며 주말이면 청소와 집안일, 아기 돌보는 일 등 모든 가사일을 자기가 하겠다고 했다. 청소하고 반찬을 만들어도 술 마시고 싶어 안달 난 사람이라고 생각했다. 조금도 달갑지 않았다. 만취해 들어온 그를 마구 때려 상처를 입혔다.

하필 그의 결혼식 날, 퇴근하는 차 안에서 그런 나를 마주했다. 나만큼 아파하고 나로 인해 상처받은 한 남자가 보였다. 뜨거운 눈물이 양 볼을 타고 흘러내렸다. 두 손이 거세게 떨려서 하마터면 운전대를 잡은 손에 힘이 풀릴 뻔했다. 상처로 얼룩진 내 마음만큼이나 그 역시 상처로 얼룩져 있었다. 지옥 버스를 타고 퇴근해서 돌아오는 그에게 눈길조차 주지 않는 차갑고 의도적인 무관심으로 그에게 상처를 입혔다. 갈수록 거칠어지고 무서워지는 나를 두려워했다. 살얼음을 걷듯 눈치를 보아온 그를 알고 있었다.

용기를 내어 화해를 위한 꽃다발을 사 오던 날, 거실 구석 자리에 아무렇게나 던져놓은 꽃다발을 보며 그는 울었다. 나에게 가시가 나 있는지 몰랐던 탓에 누군가 상처 입는 사실을 몰랐다. 그가 울며 애원하며 무섭고 아프니 제발 그 가시를 거두어달라고 말했을 때도 우리의 불화가 오직 그로 인한 것인 줄로만 알았다.

홀로 아이를 키우면서 그에 대한 미움이 들 때마다 마지막 그날 밤이 떠올라 비참했다. 그에 대한 미움을 버리고 그를 용서하고 싶었다. 하지만 용서해야 할 대상도 용서받아야 할 대상도 없음을 알아버렸다. 나를 진짜 아프게 했던 것은 그가 아니라 내

지독한 결핍이라는 것을.

　만약에 아주 만약에, 그때의 나로선 불가능한 일이지만 그래도 만약에, 내게 그런 결핍이 없었다면 어쩌면 술을 마시고 들어오는 그를 기다리지 않고 아이를 재우다 아이와 함께 잠이 들었을지도 모른다. 다음 날 새벽같이 일어나 버스를 타고 서서 출근하는 남편을 보고 '어제 몇 시에 왔어? 술 많이 마셨어? 몸 상해. 오늘은 일찍 들어올 거지? 우리 아기가 아빠 기다리는 것 같더라' 하며 따뜻한 꿀물이라도 타줬을지 모른다. 생일날 특별한 마음을 담은 명품 가방을 선물 받고 '이거 카드값 한참 갚아야겠네' 하며 걱정을 함께 나눴을지도 모른다. 화가 난 아내를 위해 퇴근길 꽃을 숨기고 들어온 날에는 무엇 때문에 화가 났는지도 잠시 잊고 형형색색 꽃의 아름다움과 향기에 취했을지도 모른다. 그리고 평범한 어떤 일상처럼 남편이 퇴근해서 돌아오면 '왔어? 오늘도 버스에 사람 많았어?' 하며 그의 눈을 보고 인사를 건넸을지도 모른다.

　회한의 눈물과 함께 실컷 울고 나니 신기하게도 무거운 짐 하나가 내려가는 것 같았다. 현실이 마냥 어둡고 초라하게 느껴지지 않았다. 소중한 아이의 아빠인 그가 잘 지내기를 바란다. 그에게 전하지는 못하지만 이것이 진심이다. 그리고 내게서 받은 상처를 치유하고 아이 아빠로서 건강하고 자랑스럽게 삶을 살아가길. 나도 아이와 이 세상을 행복하게 살아낼 테니……

엄마도 처음엔 아이였단다

:

어른들도 누구나 처음엔 아이였단다.
그걸 기억하는 사람은 그리 많지 않다.
그걸 잊지 않는 게 중요해.
―영화 〈어린 왕자〉 중에서

막상 엄마가 되고 보니 아기를 어떻게 키워야 할지 막막했다. 아이를 낳기 전 10년 동안 반려견 깜이와 함께 생활했는데, 아이가 많이 어렸을 때는 깜이와 아기를 혼동하기도 했다. 가령 깜이는 집 안에서 내가 어디에 있든 냄새만으로 나를 금방 알아차리고 찾아냈다. 외출했다 돌아오면 현관에 들어서기 전부터 내가 오는 것을 알고 기다렸다.

당연히 아기는 달랐다. 아무리 "엄마 여기 있어! 아가야, 엄마 여기 있어. 지금 우유 타 가지고 갈게~ 기다려~ 응? 아가야 기다려~ 엄마 여기 있네~!"라고 말해도 그 말을 들은 건지 못 들은 건지 1분 1초도 기다려주지 않고 울어댔다.

가끔 화장실에서 볼일을 보고 있을 때나 주방에서 무언가를 하고 있을 때, 잠에서 깨어나는 아기의 뒤척임이 들려올 때 '당연히 여기에 있는 줄 알 거야'라고 무의식적으로 생각했다가 아기가 앙앙 울어대는 소리에 놀라곤 했다. '아기가 깜이처럼 내 움직임을 바로 알아차려 볼일을 볼 때까지 기다려주었으면' 하고 바라는 철부지 엄마였다.

갑자기 엄마가 된 나는 아기를 잘 키운다는 것이 어떤 것인지, 아이에게 사랑을 준다는 게 어떤 것인지도 잘 몰랐다. 아기가 좀 어릴 때는 힘닿는 데까지 안아주고, 먹여주고, 눈을 마주하고, 함께 웃고, 재워주며 정성껏 돌보면 된다고 생각했다. 하지만 아이가 점점 자라면서 느끼게 될, 특히 아빠 없는 공백을 어떻게 매울 수 있을지를 늘 고심했다.

돌아보면 어린 시절 엄마에게 바랐던 것은 큰 것이 아니었다. 세심하게 때맞춰 준비물을 챙겨주고, 정성껏 맛있는 도시락을 싸주고, 갖고 싶었던 인형을 선물해주고, 생일이면 근사한 케이크로 파티를 해주고, 소풍이나 운동회 때 용돈도 듬뿍 주고 그랬으면 좋았겠지만 우리 집은 정말 그럴 형편이 아니었다. 엄마가 돈을 꺼내놓고 여기저기 주고 나면 남는 것이 하나도 없다며 힘들어하는 모습을 자주 봤다. 몇 시간씩 집 앞에서 기다리고 있던 빚쟁이들과 맞닥뜨린 엄마가 사정을 하는 모습도, 우리끼리만 있던 낮에 신발을 신고 집안으로 들어와 그냥 줘도 가져가지 않을 것 같은 허름한 세간살이에 빨간 딱지를 붙이는 아저씨들도 있었다.

그런 환경 속에서 많은 것들을 누릴 수 없다는 것쯤은 저절로 알게 되었다. 엄마는 늘 화가 나 있었지만 어떤 날은 슬퍼 보였고 어떤 날은 우리를 비롯한 세상의 모든 것들이 지겨운 얼굴이었다.

만약에 타임머신을 타고 그때로 돌아간다면 내가 진정 원했던 것은 무엇이었을까? 과거를 변화시킬 수는 없다. 과거로 돌아간다 해도 우리가 부자가 된다거나 하는 일 따위는 당연히 일어나지 않는다. 그러나 듣고 싶은 말이 있었다.

'미안해. 준비물 못 사 줘서. 오늘 학교 가서 힘들겠구나. 다음엔 엄마가 꼭 챙겨줄게.'

'생일 축하해, 혜진아. 엄마가 케이크 못 샀어. 엄마도 해주고 싶은데 못 해줘서 속상하다, 내 딸!'

'졸업식에 꼭 가고 싶었는데 엄마도 너무 아쉽다. 우리 딸 졸업하는 것 보고 싶었는데.'

'사랑해, 우리 딸!'

나는 이런 말들을 한 번도 듣지 못했다. 인간이라서 가질 수밖에 없는 많은 욕구를 무시당한다고 느꼈다. 나는 생명을 지닌 인간으로서, 부모님의 자랑스러운 딸로서, 나라는 고유한 인격

체로서 인정받고 싶었다. 나를 상처 입힌 것은 가난이 아니었다. '무엇도 가질 자격이 없는 존재'라는 존재 자체의 무시였다.

나도 먹고 싶은 것을 먹어도 되고 원하는 것을 가질 수 있고 누릴 수 있는 자격이 있는 존재라는 것을 알려줬다면, 세상을 살아갈 힘을 얻었을 것이다. 당장 원하는 것을 사 주지 못하더라도 그것을 원하는 아이에게 '미안해'라고 말했다면, 나도 그걸 먹을 자격이 되지만 지금은 다만 형편이 되지 않을 뿐이라고 받아들였을 것이다. 가난이라는 이름 뒤에 '불행, 수치, 실패, 무기력, 좌절' 등을 끌어다가 붙이며 나 자신을 어둠으로 몰아넣지는 않았을 것이다.

엄마가 된다고 해서 저절로 알아지는 것은 아무것도 없었다. 어른이라는 옷을 입었다는 이유로 좋은 어른이 되는 게 아닌 것처럼 엄마가 되었다고 해서 좋은 엄마가 될 수 있는 것은 아니었다. 어쩌면 어린 시절 구박했다는 이유로 엄마를 평생 원망하고 미워하면서 모든 불행을 엄마의 탓으로 여기며 사는 것이 훨씬 편할지도 몰랐다. 좋은 엄마가 된다는 것은 달라져야 한다는 것, 그동안 경험하고 배우지 못한 것들을 배우고 회복해야 한다는 것을 의미했다.

내 안에는 상처받은 아이가 살고 있었다. 겉으로 보기에는 쿨한 척, 성격 좋은 척, 대인관계도 좋은 편이었다. 하지만 내 안의 분노는 결정적인 순간에 폭발적으로 올라와 나를 삼켜버렸다.

회사에서는 말이 통하지 않는 직장상사였고, 집에서는 엄마였고, 짧은 결혼 생활에선 남편이었다.

나를 닮은 또 하나의 존재, '하늘이'와 세상에서 함께 살아가야 한다는 사실은 그런 나를 대면하는 것이기도 했다. 태어나 몇 개월 만에 아빠와 떨어져 아빠라는 존재가 그리워 우는 아이, 그토록 보고 싶었던 아빠를 만나고 다시 기약 없는 이별을 해야 했던 아이는 작은 몸 속 폐부에서 솟구쳐 오르는 눈물을 하염없이 흘렸다. 그 작고 시린 가슴을 안고 함께 울며 나를 볼 수 있었다.

유난히 눈물이 많아 눈치를 많이 보는 아이의 모습에서도 나를 보았고, 어린이집에 가기 싫다고 떼를 쓰다가 결국은 할머니에게 이끌려 서러운 발걸음을 돌리는 아이의 뒷모습에도 내가 있었다. 좀 더 잘살아 보겠다고 도전과 실패를 숱하게 반복해오며 가슴이 시린 새벽 혼자 눈물을 삼키며 나를 보고, 내 엄마를 이해했다. 그리고 자신을 드러내지 않고 매일 새벽 묵묵히 고단한 삶을 이어가는 아버지를 보며, 나를 보았다. 엄마로서의 삶이 펼쳐지지 않았다면 영영 내 안의 많은 결핍을 꺼내 들여다보지 않았을지도 모른다.

그렇게 나와 만나며 어린 내가 그토록 원했던 것을 아이에게 주었다. 피곤한 몸을 이끌고 집으로 돌아와 아이를 업고 일부러 동네를 걸어다녔다. 엄마와 떨어져 하루를 통째로 어린이집에서 보낸 어린 딸의 심장이 내 등에서 쉬어가길 바랐다.

"왜 그렇게 조그만 사람이 다 큰아이를 업고 다녀요?"라고 물어도 아랑곳하지 않았다. 등에 맞닿은 아이의 살아 있는 심장과 숨결을 느끼며 우리가 함께 있다는 사실 만으로 행복해지기 시작했다.

슬픔이 너를 만질 수 없게

:

하늘이는 아빠를 그리워하며 자랐다. 또래 친구들이 아빠 품에 안겨 있는 모습을 보고 눈을 떼지 못하는 하늘이를 자주 목격했다. 급기야 테이블이 나란히 붙어 있는 칼국수 식당에서는 다른 아이의 아빠 곁으로 다가가기도 했다. 그럴 때면 아이를 품으로 데려와 한참을 다독여야 했다. 모두가 하늘이를 위해 노력했지만 아빠라는 존재가 있어야 할 자리를 완벽하게 채워줄 수는 없었다.

'아빠'라는 단어를 배우고도 아빠라고 부를 수 있는 존재의 없음이 하늘이의 정체성에 영향을 미칠 수밖에 없었다. 상황을 이해할 수 있게 되기까지 당분간 '아빠가 비행기를 타고 멀리 미국에 가서 일하고 있다'고 이해시켰다. 아이는 기억에도 없는 아빠를 본능처럼 그리워하며 곧잘 울음을 터트렸다.

아이가 아빠를 보고 싶어할 때마다 어딘가에서 아이를 그리워할 아빠를 대신해 마음을 전해주었다. 볼 수 없다고 해서, 함께하길 원하지 않는다고 해서, 그리움마저 없는 것은 아니다. 그리움을 느끼지 못한다고 해서 없는 것도 아니다. 내면 깊숙한 곳에 숨겨둔 그리움은 그 안에서 살아 있다. 가장 중요한 것은 눈에 보이지 않으니까…….

아이의 내면에서 아빠의 마음을 최대한 느낄 수 있도록 아빠와 함께했던 아기, 하늘이의 이야기를 자주 들려주었다.

"하늘아, 아빠도 하늘이가 엄청나게 보고 싶을 거야. 엄마는 하늘이를 매일 볼 수 있어서 이렇게 행복한데 아빠도 참 안됐다, 그치? 하늘이처럼 이렇게 울고 있는 거 아냐? 둘 다 울보네, 엄마만 빼고. 엄마만 씩씩하네!"

"……."

"하늘아, 아빠가 얼마나 웃겼는지 알아? 하늘이 백일 사진 찍으러 스튜디오에 갔을 때 우리가 너를 안고 들어가니까 사진 찍어주는 선생님들이 우리 앞으로 막 모이는 거야. 그리고는 말이지, 하늘이를 딱 보는 순간 엄청나게 놀라는 거야!"

"왜? 왜? 엄마, 왜 놀랐는데?"

"있잖아, 왜 놀랐을까요? 그건 말이야, 하늘이가 너무 예뻐서. 거기에 있던 사람들이 다 같이 '우와! 아기가 정말 예쁘네요. 아버님, 정말 좋으시겠어요. 성공하셨네요!'라고 말했다니까."

"엄마, 왜? 왜 성공했다고 말했는데?"

"아이가 너무 예쁘니까. 하늘이가 너무 예뻐서 사람들이 아빠 보고 성공했다고 한 거야. 그때 아빠 표정이 어땠는지 알아?"

"어땠는데? 아빠 어땠어?"

"얼마나 좋아하던지. 어깨를 으쓱하더니 싱글벙글하면서 너를 보고 '까꿍! 까꿍!' 하면서 뽀뽀하고 난리도 아니었어."

하늘이는 몇 번을 들어도 질리지 않는지 그 이야기를 들을 때마다 금세 기분이 좋아져서는 "엄마, 또 해줘! 아빠 얘기 또 해줘!"를 반복했다. 나는 하늘이가 아빠와 보낸 길지 않은 시간 동안 있었던 모든 것들을 곰탕 우려먹듯이 계속 들려주었다.

사랑하는 내 아이가 아빠의 마음을 담고 살아가면 좋겠다. 그 존재가 현실에서는 얼마간 부재할지라도 부디 마음속에서는 사랑으로 빛나기를. 아빠에 대한 그리움으로 흐려지는 아이의 두 눈이 기쁨으로 차오르는 것이 행복했다. 그리고 그의 부재가 우리 삶을 불행하지 않게 하리라는 것을 점점 확신하게 되었다.

"근데 엄마, 사람들이 엄마한테는 왜 성공했다고 안 한 거야?"

"에이! 아빠는 못생겼고 엄마는 예쁘잖아, 하하하! 그러니까 엄마는 성공한 게 아니라 당연한 거지!"

눈물이 많은 아이

:

하늘이는 나처럼 동물을 좋아하고 감성이 풍부하며 눈물도 많았다. 백일 무렵부터 시작한 어린이집 생활은 얼핏 보기에는 잘 적응하고 있는 듯했다. 그런데 그 작은 아이가 감당하기에는 무척 낯설고 불편했을 것이다. 잠을 못 자고 심한 잠투정을 하는 하늘이를 하루 대부분 안거나 업고 생활해야 했다. 깊이 자는 것 같다가도 바닥에 눕히면 등에 센서가 달렸는지 바로 울어 댔다.

네 살이 되었을 때 그동안 다니던 단지 내 작은 어린이집으로부터 더 많이 활동하며 배울 수 있는 큰 어린이집으로 옮길 것을 권유받았다. 그렇게 새로 다니게 된 어린이집에 가끔 가지 않겠다며 떼를 쓴 적도 있었지만 그런대로 상황에 순응하는 편이었다.

다섯 살이 되면서 담임선생님이 바뀌었다. 새 학기 상담 때 선생님은 아이가 눈물이 너무 많아서 걱정이라고 했다. 작은 반응에도 너무 자주 울음을 터트려서 선생님조차 어떻게 아이를 대해야 좋을지 모르겠다며 어려움을 털어놓았다. 눈물이 많은 것은 알았지만 나와 함께 있을 때는 빨리 그치는 편이었다. 어린이집에서 서럽게 울고 있을 아이를 생각하면 마음이 너무 아팠다.

"하늘아, 울고 싶을 땐 그냥 실컷 울어도 돼. 엄마도 어릴 때는 하늘이처럼 울보였어. 아닌 것 같지? 할머니 할아버지한테 엄청 혼났어. 그래서 엄마도 너무 속상했어. 하늘이도 울기 싫은데 계속 눈물이 나오지? 엄마도 그랬어."

하늘이는 무엇이 그리도 서러운지 목 놓아 울었다.

"엄마는 하늘이가 울보라도 너무 사랑해. 울고 싶을 땐 엄마한테 울고 싶다고 얘기해. 엄마가 언제든 이렇게 하늘이를 안아줄게. 그리고 다 울 때까지 기다려 줄게. 엄마는 하늘이가 웃을 때도 예쁘고 울고 있을 때도 예뻐."

어떤 날은 한 시간도 넘게 자신의 감정을 추스르지 못했다. 나는 아이가 다 울 때까지 기다렸다. 그리고 눈물과 함께 감정을 흘려보내면 상황에 관한 이야기를 나누었다. 아이의 마음에는 기본적으로 상대방에게 자신이 거절당할 것에 대한 두려움이 깔려 있었다. '이 옷은 추워서 안 돼'라고 말하면 옷이 아니라 자신이 거절당한 것처럼 아파했다. 그것이 두려워 원하는 것을 표현하지 못했다.

"먹기 싫은 음식이 있을 땐, '이건 못 먹겠어요, 힘들어요' 하고 얘기하면 돼."

"입고 싶은 옷이 있을 땐, '저는 이게 입고 싶어요'라고 말하면 돼. 할 수 있겠어?"

"할머니가 안 된다고 하면 엄마가 할머니한테 미리 말해놓을게. 걱정하지 마. 추울 때 입을 외투도 골라놓자!"

"할머니가 화를 낸 것은 방금 의자에서 장난을 치다가 뒤로 넘어져서 다칠까봐 그런 거야. 할머니도 깜짝 놀라서, 하늘이가 아프면 모두의 마음이 아프니까."

"언니가 하늘이랑 바로 놀아주지 못한 건 우리가 언니 친구들보다 늦게 여기에 도착해서 그런 거야. 조금 기다려보자."

마음껏 울고 나면 언제 그랬냐는 듯 다시 밝아졌다.

그렇게 하늘이는 새로운 힘을 회복해갔다. 마를 날이 없던 하늘이의 눈에 눈물이 조금씩 잦아들기 시작할 무렵, 하늘이가 울고 싶다며 내 손을 잡아끌고는 방으로 들어갔다. 아이의 눈에는 눈물을 머금고 있지 않았다.

"하늘아, 울고 나면 시원해지니까 계속 울고 싶지?"

가만히 고개를 끄덕였다.

"하늘아, 우는 것도 좋지만 울지 않고도 마음이 좋아질 수도 있어. 하늘이가 울기 싫은데 계속 눈물이 나올 때, 그럴 때 하늘이가 울지 않기를 선택할 수가 있어. 울고 싶은 마음이 들 때 가만히 마음을 지켜봐. 엄마가 이렇게 함께 있을 땐 엄마가 하늘이를 위로해주지만 어린이집에서는 해줄 수가 없잖아. 그렇지? 그럴 땐 하늘이가 하늘이의 마음을 지켜보면 돼. 울고 싶은 마음이 들 때 눈을 더 크게 뜨고 하늘이의 마음에 집중해봐. 그리고 울지 참을지, 나중에 엄마를 안고 울지를 결정하면 돼. 하늘이가 하늘이 '마음의 주인'이야."

처음엔 잘 안 된다고 했던 아이는 스스로 그게 무슨 말인지 터득해냈다. 낮에 힘들었던 감정들이 있으면 삼켜두었다가 실컷 울고는 다시 방긋 웃었다. 마음에 남았던 상황을 이야기하며 스스로 상황을 이해했다.

"그러고 보니 엄마, 선생님이 처음에 먹기 싫으면 먹지 말라고 했던 것 같아."

"그러고 보니 엄마, 그 친구가 나를 못 본 것 같아."

하늘이는 눈에 띄게 밝아졌다. 마르지 않는 샘처럼 고이고 또 고이던 눈물샘도 안정을 찾아갔다. 어린이집 선생님도 칭찬을 아끼지 않았다. 비슷한 상황에 처해도 우는 대신 자신의 의견을 말하고 친구들에게도 인기가 많다고 했다. 시간이 지나면서 아이는 더욱 단단하게 자라났다. 워낙 섬세하고 두려움이 많은 아이였다.

"엄마, 나는 어떤 고민이 있어도 엄마랑 같이 울고 얘기하고 나면 다 괜찮아져. 하나도 겁나지 않아"라고 말하며 세상의 신비로움을 즐기기 시작했다.

나 역시 마음에 마르지 않는 눈물샘 하나를 가지고 있었다. 어릴 때부터 유독 눈물이 많았다. 그런 내가 싫었다. 울 때마다 혼이 나서 울지 않으려고 이를 악물었다. 그럴수록 어두워져갔다. 그렇게 자란 나는 아무것도 아닌 일에 분통과 함께 울분을 터트렸고, 슬픈 일에는 울지 못하는 감정의 결여 상태가 되었다. 울고 있는 아이를 품을 때마다 나는 나를 품에 안았다. 들썩이던 작은 어깨는 늘 시리고 애틋했다.

하늘이의 숨겨둔 '무기'

⋮

어느 날 퇴근해서 집으로 돌아오니 엄마가 심각한 표정으로 말했다.

"어린이집에서 친구가 아빠 없다고 놀렸단다. 애가 얼마나 참고 있었는지 집에 오는 길에 그 얘기하면서 울더라고! 아휴, 어떤 엄마가 애 듣는 데서 그런 말을 했으니까 애들이 그 소릴 듣고 했겠지. 애들이 뭘 알겠어. 쯧! 정말 큰일이다."

엄마는 하늘이가 마음에 상처를 입지는 않았는지 마음이 아프다며 한숨을 내쉬었다. 가장 우려하던 일이 현실이 되었다. 어린이집 상담 때마다 선생님께 배려를 부탁드렸다. 요즘은 한 반에 한부모가정 아이들이 꽤 있고, 원에서도 다양한 형태의 가족에 대해 배우고 있으니 너무 걱정하지 말라고 하셨다. 행여 아이들이 무심코 던진 말에 상처 입지 않을까 조심스러웠다.

"하늘아, 친구가 하늘이 아빠 없다고 놀렸어?"

하늘이가 가만히 고개를 끄덕였다.

"우리 하늘이 진짜 속상했겠다. 그렇지?"

두 눈에 눈물이 그렁그렁 맺혔다. 이내 훌쩍훌쩍 울며 품에 안겼다. 나는 아이를 꼭 안고 머리와 얼굴을 쓰다듬었다. 서러운 눈물이 잔잔해졌을 무렵 아이에게 물었다.

"하늘아, 그런데 하늘이 아빠 없어?"

울고 있던 하늘이가 고개를 들고 나를 빤히 바라보았다. '그게 무슨 소리냐'는 표정이었다.

"하늘이 아빠 있는데 친구가 왜 그랬지? 친구가 잘 몰랐나 보다, 그치? 하늘아, 하늘이 아빠 있잖아?"

아이의 눈을 가만히 마주보며 동의를 구하듯 눈을 빛내자 이해할 수 없다는 듯 고개를 갸웃거렸다.

"하늘아, 이 세상에 아빠 없이 태어난 사람은 없어. 엄마랑 아빠가 있으니까 하늘이가 이렇게 엄마 딸로 태어난 거야. 아빠랑 함께 살지 않는다고 아빠가 없는 건 아니잖아, 그렇지? 엄마랑 떨어져서 사는 아이도 있고 할머니랑 떨어져서 사는 아이도 있어. 삼촌이랑 떨어져 사는 아이는 엄청 많아. 하늘이는 삼촌도 같이 살고 할머니 할아버지 다 함께 살잖아. 하늘아, 세상에는 수많은 사람들이 살고 있어. 그래서 정말 안타깝게도 엄마가 하늘나라에 계신 친구도 있고 아빠가 하늘나라에 계신 친구도 있어……."

품에 안겨 잠자코 그 말을 듣고 있던 하늘이의 눈동자가 별빛처럼 일렁였다. 마음속에 무엇인가가 강렬하게 각인이 되어 어느 때고 꺼내 쓸 든든한 무기로 자리 잡는 것 같았다.

시간이 흘러 초등학생이 된 하늘이가 그 '무기'를 사용했다는 소식이 들려왔다. 어느 점심시간 교실에서 하늘이는 친구들과 수다를 떨며 스케치북에 그림을 그리고 있었다. 한 친구가 "나 아빠 얼굴 그려야지! 우리 아빠 곰돌이 닮았으니까 곰돌이처럼 그려야겠다"라고 말하면서 주제가 일제히 '아빠 그리기'로 바뀌었다. 하늘이도 덩달아 그림을 그리며 말했다.

"나도 아빠 그려야지. 우리 아빠는 돼지같이 생겼으니까 돼지처럼 그려야 하나?"

그 말에 한 친구가 반문했다.

"넌 아빠 얼굴도 모르잖아? 그런데 어떻게 그려?"

그렇게 말하는 친구에게 하늘이가 대답했다.

"아무리 그래도 내가 우리 아빠 얼굴을 모르겠어? 같이 안 산다고 아빠 얼굴도 모르지는 않아!"

곁에서 지켜보던 절친이 그 친구를 나무라면서 상황은 종료됐다.

"야! 너 친구한테 그런 말 하는 거 아니야!"

하늘이는 친구들 앞에서 울음을 터트렸을 법도 한데, 참다가 화장실에서 문을 잠그고 울었다고 한다. 자신의 세상을 당당히 살아내는 하늘이가 대견했지만 마음이 앓도록 아팠다. 우리는 각자 다른 시간 다른 장소에서 눈물로 마음을 달랬다. 그리고 한 뼘 더 성장했다.

"하늘아, 그 말이 어떻게 떠올랐어?"

"엄마가 그렇게 말해줬잖아. 그리고 나 아빠 얼굴 아는데!"

그리고 예상하지 못한 말을 이어갔다.

"엄마, 그런데 친구가 나 놀리려고 그런 거 아니야. 그 친구는 정말 내가 아빠 얼굴 모른다고 생각하고 어떻게 그릴지 물어본 거야. 내 마음이 좀 그랬던 것 같아."

"그래도 친구가 다른 애들 앞에서 그렇게 물어봐서 밉지 않아?"

"아니, 전혀. 놀리려고 그런 것도 아닌데 뭐."

하늘이는 그날의 아빠를 기억하고 있었다. 모든 순간, 모든 하루, 모든 상황에 의미가 부여되고 있었다. 부여된 의미는 삶의 무기가 됐다. 머지않아 어른이라는 옷을 입게 되었을 때 삶이라는 바다를 헤쳐 나갈 힘이 될 것이다.

삶의 기준이 되는 존재

⋮

엄마가 되고 나서 다른 삶을 살고자 노력했다. 남편과 함께 살았던 1년 2개월이라는 짧은 시간은 부모님의 긴 결혼 생활의 축소판과 같았다. 나는 온 세상을 향해 마음을 닫은 엄마와 욱하고 분노를 터뜨리는 아버지를 그대로 닮아 있었다. 그런 내가 나도 두려웠다. 내 아이를 나처럼 살게 하고 싶지 않았다.

하늘이는 그 이름처럼 내게 하늘이 되어주었다. 삶이라는 게 뭔지 모르고 무기력하게 살아가는 나를 위해 하늘이 보내준 선물 같았다. 내가 부모님을 통해 삶을 배운 것처럼 나를 보며 삶을 배워갈 하늘이를 위해 행복하게 살고 싶었다. 정말 잘 살아야 한다는 것을 깨달았다. 하지만 삶은 그렇게 만만하지 않았다. 그렇게 결심했다고 해서 갑자기 달라질 것은 없었다. 아니, 그

전보다 힘들고 아픈 일이 더 많이 생겼다. 세상은 마치 내가 행복하게 살기로 다짐했다는 사실들을 알아차리고는 불행으로 끌어내리려고 안달이 난 것 같았다.

어딜 가든 열심히 일했다. 일머리가 없는 편은 아니어서 일을 찾아서 했고 주어진 일보다 더 많은 것을 해냈다. 그런데 나를 인정해준 회사들은 부도가 나기도 했고 예상치 못하게 그만두는 일도 생겼다. 안정적으로 다닐 수 있을 것으로 판단했던 회사는 온종일 사무실에 앉아 멍하니 시간을 보내게 했고, 심지어 HACCP(한국식품안전관리인증원) 문서를 가짜로 작성하게 했다. 사람들은 놀면서 꼬박꼬박 월급을 주는데 그걸 왜 못하는지 이해하지 못했다. 열심히 일하며 인정받고 싶었다. 노력한 만큼 대우받고 학력이 아니라 나 자체로 인정받고 싶었지만 그런 곳을 만나기는 쉽지 않았다.

함께 일했던 팀장님의 소개로 마흔이 넘은 나이에 반도체 회사 면접을 봤다. 회사에서 제시한 급여와 직급은 사원이었다. 팀장은 나보다 대략 열 살쯤 아래였고, 동료는 나와 스무 살 가까이 차이가 났다. 그런 건 중요하게 생각하지 않는 편인데 아무리 이쪽 경력이 없다고 해서 사회 경력마저 인정해주지 않는 것은 너무하다 싶었다. 고민하던 와중에 인사담당 과장에게 전화가 왔다. 3개월을 지켜보고 처우를 판단해주겠다는 회사의 입장을 전했다. 추천한 직원이 내 칭찬을 많이 해서 함께 일해보고 싶다며 부추겼다. 딱히 갈 곳이 정해진 것도 아니었기에 일단 부딪쳐보기로 했다.

그렇게 반도체 회사 자재 팀에 입사했다. 초고속 성장 중이라던 회사의 자재 창고는 전임자 외엔 자재를 찾을 수 없을 만큼 엉망이었다. 자재 리스트는 있으나마나였다. 자재를 전혀 모른 채로 어떤 업무도 할 수 없었다. 나는 한겨울 두꺼운 점퍼를 입고 자재 창고에 틀어박혀 작은 난로 앞에 앉아 재고조사를 시작했다. 전자제품 내부에서나 본 적 있는 각양각색의 부품을 살피며 수량을 파악하고 리스트를 만들었다. 전과 달리 손쉽게 자재를 찾아 출고할 수 있었다.

이후 영업팀으로 발령이 났다. 영업팀 속사정도 창고와 별반 다르지 않았다. 자료를 모아 수주 데이터를 바로 잡았다. 부족한 지식을 끌어 모아 일별, 주별, 월별 매출 자동정산보고서를 구축했다. 회사에서도 업무 능력을 인정했다. 하지만 3개월이 지났는데도 어떤 이유에서인지 약속은 지켜지지 않았다.

사직서를 냈다. 사장이 나를 두 차례나 불렀다. 사장이 직접 그만두는 직원을 면담한 것은 이례적인 일이라며 술렁이는 목소리가 들려왔다. 사장은 새로 짓는 사옥의 조감도를 보여주며 회사의 비전을 한참동안 설명했다. 과연 회사의 비전이 모두의 비전일까 하는 의구심만 들 뿐이었다.

그 사이 내 자리를 메우기 위한 새로운 직원이 입사했다. 그녀는 20대 후반이었고 직위는 주임이었다. 그동안 해놓은 업무 파일과 루틴을 인수인계하며 허탈하고 있을 때 새로 온 이사진이 나를 불렀다. 구매 업무를 제안했다. 그동안 일을 깔끔하게 처리해왔다는 이야기를 들었다고 했다. 내게 한동안 텃세를 부리던 팀장이 갑자기 그만두면서 생긴 업무를 맡았다. 그래서 당연히 처우가 개선된 줄로만 알았다. 팀장은 아니더라도 더는 어린 친구들에게 '모모 사원'이나 '모모 씨'라고 불리지는 않을 줄 알았다. 그러나 인사발령은 끝내 나지 않았고 통장에는 협의되지 않은 20만 원이 추가로 입금되었다.

몹시 불쾌했다. 어떤 기준에서 그런 대우를 받아야 하는지 이해할 수 없었다. 인사팀 직원에게 이유를 물었더니 '그동안 한 번도 주부 사원에게 직급을 준 적이 없다'는 납득하기 어려운 말을 했다. 주변 사람들은 그 정도면 여러 가지 면에서 괜찮은 회사라고 하는데, 그 또한 이해하고 넘어가고 싶지 않았다.

30대에는 이력서만 넣으면 취업이 잘됐다. 40~50대 여성은 전문직이 아닌 이상 나이를 먹을수록 취업이 점점 어려워진다. 다양한 사회 경험으로 이전 세대보다 노련한 업무가 가능한데도 연봉은 줄어든다. 이런 현실에서 나는 그저 '나이 많은 주부'일 뿐이었다.

그들에게 우선순위는 회사였고 최소한의 비용으로 최대의 효과를 내는 회사원이었을 것이다. 하지만 내 우선순위와 기준은 그런 것들이 될 수 없었다. 사회생활에서 나라는 존재는 우선순위가 아니지만 하늘이를 기준으로 한다면 완전히 달랐다. 내 기준은 언제나 하늘이었으니까. 가장 사랑하는 존재, 세상에서 제일 행복하고 잘되었으면 하고 바라는 존재, 그 존재를 향한 시선으로 나를 바라봐야 했다. 그렇게 하면 모든 두려움은 사라지고, 그 빈자리엔 '오직 나라는 존재를 위한 선택'이 남아 있었다. 하늘이를 존중하지 않는 곳에 둘 수 없듯이 나도 마찬가지였다.

'엄마, 이럴 때 어떻게 하면 좋겠어?'라고 하늘이가 묻는다면 이렇게 말했을 것이다.

'하늘아, 마음에 손을 얹고 최선을 다했는데도 안 되면 그건 하늘이의 잘못이 아닌 거야. 그 길은 너의 길이 아닌 거야. 다시 도전하면 돼. 언젠가는 너를 인정해주는 곳이 나타날 거야. 그동안 고생했어.'

지친 나를 위로하며 그곳을 나왔다. 나오자마자 곧바로 괜찮은 연봉과 조건, 경험을 높이 평가해주는 좋은 회사를 만났다. 그런데 업무에 집중할 수 없었다. 나는 번아웃되어 있었다. 한동안 지인의 회사에서 현미경으로 부품을 조립하는 아르바이트를 하며 마음을 추슬렀다.

다시 일어섰을 땐, 암이 찾아왔다.

살고 싶다, 여기에서

⋮

감기 한 번 걸리지 않던 내가 '암'이라는 진단을 받았을 때, 나뿐 아니라 가족과 친구들 모두 충격에 빠졌다. 졸지에 아이를 혼자 키우는 것도 모자라 온갖 고생을 하다 불치병에 걸린 팔자 사나운 여자가 되었다. 솔직히 사람들의 관심을 받는 것이 나쁘지는 않았다. 그동안 이런 관심을 받은 적이 있었나 싶어 쏟아지는 관심에 은근 기분이 좋기도 했다. 퍼뜩 '아! 이런 마음 때문에 사람들이 병을 놓지 못하는구나' 싶은 생각이 들었다. 찾아온 병을 인정하되 불필요한 감정은 경계했다.

나는 병원을 유독 싫어했다. 중학교 2학년 때 허벅지에 붉은 반점 하나가 생기더니 온몸으로 퍼져 '건선'이라는 난치성 피부 질환을 진단받았다. 수년 동안 병원에서 약을 처방받았는데 결국 스테로이드 부작용으로 온몸이 붓고 살이 터졌다. 이름 모를 염증에도 오랫동안 시달렸다. 그 이후 약보다는 자연치유력을 선호하게 되었다. 감기가 걸려도 며칠 잘 먹고 비타민을 평소보다 많이 섭취하면 컨디션이 금방 회복됐다. 어느 순간 못 견디게 아프지 않은 이상 병원에는 근처에도 가지 않았다.

그러다가 다시 병원을 찾게 된 건 의료보험공단에서 진행하는 건강검진을 받기 위해서였다. 검진 결과를 통해 왼쪽 가슴에 암세포가 자리하고 있다는 사실을 알게 되었다. 의료복지가 아니었다면 암세포가 커져서 가슴을 얼마나 차지하고서야 병원을 찾았을까 싶다. 그런 면에서 천운이었다. 검진 받은 병원으로부터 큰 병원에서 자세한 추가 검진을 받을 것을 권유받고 대학병원으로 갔다.

"이 정도면 손으로 만져져서 알았을 법도 한데, 정말 몰랐어요?"

"사실, 두 달 전부터 알고 있었어요."

의사의 날카로운 질문에 실토할 수밖에 없었다.

"이런 게 느껴졌으면 빨리 병원에 왔어야죠? 암일 확률 99퍼센트입니다."

검사를 해봐야 알겠지만 어느 정도 진행되었을 가능성도 있다고 했다. 조직검사를 하고, MRI를 비롯한 여러 검사를 마쳤다. 결과를 알기까지 약 2주의 시간이 주어졌다. 그제야 '암'이라는 병의 무시무시함이 느껴지기 시작했다. 암 자체보다 암에 대한 두려움이 가진 힘의 크기가 실로 어마어마하다는 것을…….

처음으로 죽음에 대해 진지하게 생각해보게 되었다. '죽고 싶다'라는 말을 입에 달고 살았던 적도 있었지만 이제 겨우 삶의 즐거움을 알아가던 시기였다. 게다가 한 아이의 엄마로서 아이의 자립을 책임져야 할 의무를 지고 있었다. 죽음에게 '지금은 아니야'라고 말해야 했다. 하필 주변에 암으로 죽음을 맞이한 분들이 꽤 있었다. 오랜 시간을 병마와 싸우다가 괜찮아졌다는 소식도 잠시, 결국은 치료 과정에서 얻은 합병증으로 죽음을 맞이하는 경우가 많았다. 그때마다 '만약 암에 걸리면 항암치료는 절대 받지 않을 거야'라고 생각했다.

많은 사람이 항암치료로 인한 부작용을 우려했다. 누군가는 그것으로 병을 이겨냈고 누군가는 그것으로 인해 서서히 죽어갔다. 주변에는 후자가 더 많았다. 막상 그 상황에 처하고 보니 선택의 여지가 없어 보였다. 모두들 결과가 나와 봐야 암인지 아닌지 알 수 있다며 그 전까지는 아무 생각도 하지 말라고 했다. 그러나 그것은 불가능했다. 불확실한 것일수록 훨씬 더 많은 생각을 일으키기 마련이었다.

차라리 빨리 받아들이는 편이 모든 면에서 나았다. 결과를 기다리며 각오를 다졌다. 머리카락과 체모가 빠질 것을 대비해 눈썹 반영구 시술을 했다. 머리카락도 그렇지만 눈썹이 모조리 빠진 모습은 상상하고 싶지 않았다. 체중이 5㎏이나 급격히 빠져서 회복을 위한 체력 관리도 시작했다. 병마와 싸우려면 영양 보충이 우선이었다. 같은 경험을 한 친구가 이곳저곳 데려가 맛있는 음식도 사주었다.

2주의 시간 동안, 모든 것을 받아들인 듯 아무렇지도 않은 척했다. 하지만 아무렇지 않지가 않았다. 드라마에서 보면 암에 걸렸다는 사실을 알게 되면서 갑자기 증상이 악화하곤 하던데, 그것이 현실로 다가오는 것 같았다. 어느 날 밤, 극심한 가슴 통증으로 위장에 있는 것들을 여러 차례 게워냈다. 두려움이 엄습해 왔다.

'내가 정말 이 세상에 존재하지 않는다면…….'

살아온 삶이 떠올랐다. 삶이 부질없다는 생각이 들었다. 열심히 노력하며 살아온 대가가 겨우 이 정도라니……. 곁에서 곤히 잠든 아이의 얼굴을 보니 참았던 눈물이 터져 나왔다. 한참을 울고 나니 정신이 들었다. 자연의 섭리 앞에 결국 나는 아무것도 아니었구나 하는 생각이 들었다. '그래, 이것도 하늘의 뜻이라면 받아들이자.'

다음 날, 운전을 하면서 하늘을 보았다. 그날따라 유난히 하늘이 더 푸르고 빛이 났다. 길도 막히고 해서 자주 다니던 다리 밑에 잠시 차를 세웠다. 라디오에서는 음악이 흘러나오고 있었다. 귀에 익은 노래가 차 안을 가득 채웠다.

문득 시선이 닿은 곳에 끈도 다 낡아버린 빛바랜 족자가 보였다. 바람이 일기 시작했는지 족자가 천천히 움직였다. 이내 바람이 돌풍으로 변했고, 족자는 떨어질 듯 말 듯 위태롭게 흔들리더니 하늘을 향해 자유로이 펄럭이기 시작했다. 그런데 맙소사! 세상의 빛깔이 달라져 있었다. 그리고 시간이 멈춰선 듯 세상이 고요해졌다. 족자는 달라진 세상 속에서 자기만의 빛깔로 뽐내고 있었다. 그 신비스러운 빛이 사라질까봐 재빨리 주변을 둘러보았다. 세상은 언제나 이렇게 아름다웠다는 듯 고유한 빛깔로 빛나고 있었다.

"세상이 이렇게 아름다웠구나! 살고 싶다, 여기에서!"

이 아름다운 세상에 아직 살아서 숨 쉬고 있다는 사실만으로도 기쁘고 감사했다. 만나기로 했던 친구에게 전화를 걸었다.

"진아, 방금 세상이 멈췄던 것 같아. 너희 집 가는 길 다리 밑에서 봤는데, 무슨 광고 족자가 펄럭이고 있었거든. 그런데 갑자기 빛이 막 나더니 세상이 조용해지는 거야! 내가 미쳤나? 왜 그러지?"

며칠 후, 검사 결과가 나왔다. 의사는 웃으며 당신 마음을 다 안다는 표정으로 말했다.

"마음고생 많았죠? 다행히 1기네요. 수술 날짜 잡고, 항암치료는 잘하면 안 해도 될 것 같아요."

"와우! 1기래."

누군가 말했다.

"야, 너처럼 암에 걸리고 좋아하는 사람도 없을 거다."

···

그때 그 자리에 있던 사랑

한 아이의 엄마, 그 엄마의 엄마

:

> 인생에서 가장 큰 행복은
> 우리가 사랑받고 있다는 확신이다.
> ─빅토르 위고

내 암 진단에 가장 충격을 받은 사람은 엄마였다. 살면서 엄마의 눈물을 본 적이 별로 없었다. 기억 속 엄마는 바늘로 찔러도 피 한 방울 나오지 않을 것 같은 사람이었다. 화통을 삶아 먹은 듯한 엄마의 목소리는 세월이 흘러도 변하지 않았다.

그런 엄마가 내가 암 수술을 받던 날, 흐르는 눈물을 주체하지 못한 채 수술실 앞에 서 있었다. 수술실 안쪽 대기석에 앉아 있던 나는 자동문이 열릴 때마다 엄마가 자리를 떠나지 못하고 서성이는 모습을 보았다. 그럴 리는 없겠지만 수술을 준비하는 의료진이 수술 전에 엄마를 몇 번이라도 더 보여주려고 수술실을 드나드는 것처럼 느껴졌다. 대기하는 내내 수술실 앞에서 울고 있는 엄마의 모습이 보였다. 겨우 1cm 정도 되는 혹 덩어리를 제거하는 수술일 뿐이라고 나를 다독였다. 수술에 대한 두려움은 없었다. 담당 의사도 2시간 안에 끝날 예정이고 수술 위험성도 크지 않다고 했다. 수술복을 입고 양 갈래로 묶은 머리에 비닐 캡을 쓴 내 모습이 우습고 낯설 뿐이었다. 다시 자동문이 열리고 엄마가 보였다. 우리 엄마가 울고 있었다. 행여나 딸이 잘못될까봐 안절부절못하고 울며 서 있었다. 나도 모르게 눈물이 왈칵 쏟아졌다.

수술이 끝나고 마취가 풀리기 시작했을 때, 엄마는 여전히 울면서 내 머리를 쓰다듬고 있었다.

"엄마, 추워."

엄마는 이불을 덮어주며 말했다.

"혜진아, 괜찮니?"

"어, 근데 너무 추워."

겨우 대답을 하고는 덜덜 떠는 나를 엄마가 안타깝게 바라보았다. 엄마의 눈빛과 손길에서 처음으로 따뜻한 사랑을 느꼈다. 마흔이 넘은 나이, 암 수술을 받으며 처음으로 느끼는 엄마의 사랑이었다.

엄마, 고마워요.

내 아이를 당신이 낳은 아이의 아이라는 이유만으로 사랑해줘서.

하늘이를 사랑하는 마음이 나를 사랑하는 마음에서 나오는 거 알아요.

알면서 모른 척했어요.

엄마가 종종 그러셨죠? 나는 그래도 내 새끼가 먼저라고.

엄마, 미안해. 그리고 사랑해, 엄마…….

어린 날의 기억 속에서 그토록 무섭고 쌀쌀맞던 엄마는 하늘이에게는 따뜻한 할머니가 되어있었다. 어디든 웃으며 손을 잡고 다녔다. 내 친구들 이름은 아직도 모르는 엄마가 어린이집 때부터 초등학교 때까지 하늘이 친구들 이름을 나보다 더 잘 알고 계셨다. 동네에서는 하늘이 할머니로 불렸다. 어쩌다 학교에 하늘이를 데리러 가면 사람들은 내 엄마 얘기를 했다.

"하늘이 엄마예요? 할머니가 하늘이랑 얼마나 재미있게 다니는 줄 몰라요."

담임선생님도 엄마인 나보다 언제든 발 벗고 달려오는 할머니에게 연락을 했다.

외출했다 돌아오면 빈손으로 오는 법이 없었다. 하늘이가 좋아하는 아이스크림이 언제나 손에 들려 있었고, 날이 차가워지면 크림 붕어빵을 사 왔다. 외출을 해서도 '이건 우리 하늘이가 좋아하는 건데' 하고 하늘이 얘기를 했다. 내게는 표현한 적 없는 '사랑해'라는 말을 하늘이에겐 아낌없이 쓰셨다.

"하늘아, 할머니는 하늘이가 있어서 너무 좋아. 하늘이 없었으면 어쩔 뻔했어."

나는 엄마가 그런 말도 하실 줄 아는 사람이었다는 것이 신기했다.

이혼하고 친정으로 들어가기 오래전부터 부모님은 대화를 단절한 채 생활하고 있었다. 두 분은 단지 휴전 상태일 뿐이었다. 결혼 생활 중에도 친정에 가면 냉랭한 두 분 사이에서 양쪽 하소연을 들어야 했다. 하늘이가 들어온 이후부터는 서서히 웃음꽃이 피어났다. 텅 비어 있던 두 분 사이에 '하늘이'라는 공통의 관심사가 들어오면서 자연스레 대화가 오가기 시작했다.

마치 사이좋은 신혼부부에게 찾아온 첫아이를 대하듯 부모님은 과거로 돌아간 것 같았다. 하늘이 역시 할머니 할아버지를 사랑하고 잘 따랐다.

삶에 찌들어 인상을 잔뜩 쓰고 다니며 화만 내던 엄마는 더는 그 어디에도 존재하지 않았다. 하늘이가 단단하게 성장할 수 있었던 것은 엄마 덕분이었다. 아버지는 팔순의 나이에도 직장에 새벽 출근하면서 밭일을 겸했다. "나는 놀면 병나"라고 말하며 가장의 무거운 짐을 내려놓지 않으셨던 아버지는 오랫동안 흔들리는 내게 울타리가 되었다. 든든한 우리 아버지 덕분에 나약하고 끈기라곤 없던 내가 어른이 되어가고 있었다.

퇴원해서 집으로 돌아오니, 하늘이가 예쁜 그림들로 꾸민 편지를 전해주며 안겼다.

예쁜 엄마에게

엄마 병원에서 링겔도 맞고 힘드셨죠

고생하셨어요 병원에서 이렇게

건강한 모습으로 돌아와 주셔서 고맙고

행복해요 아프지 말고 건강하게 지네요

사랑해요 저의 엄마가 돼주셔서 고맙습니다

엄마는 너무 예뻐요 건강하세요

사랑해요

엄마 최고!

하늘 올림

3

당신의 친절에 감사합니다

'출장 가능한' 엄마는 가능할까

⋮

지난 10여 년 동안 수차례 이직을 했다. 사주팔자 영향이었는지, 사회생활에 적합하지 않은 인간이어서였는지, 아니면 둘 다였는지 모르겠지만 적어도 본의는 아니라고 말하고 싶다. 다니다 그만둔 회사가 스무 군데 가까이 되면서 더는 숫자를 세지 않았다.

일한 곳뿐 아니라 직종과 분야도 다양했다. 경영 관리, 영업 관리, 생산 관리, 마케터, 순회 영업, 건설 행정, 고객센터 상담원, 부동산 분양, 건설업, 녹용 생산 제조, 감자로 만든 식품제조업, 식품 소분업, 닭 유통 공장, 디자인, 컬러렌즈 제조 유통, 반도체, 외제 차 고객센터, 개인 카페, 건물관리 대행 등.

이력서를 수정해 제출할 때마다 꼼꼼하게 가려놓은 민낯이 드러날 것만 같아 두려웠다. 어쩌면 장점이 될 수 있는 수많은 경험이 우리 사회에서는 '저를 채용하면 곧 그만둘 예정입니다'라고 말하는 것과 같다고 느꼈다. 그런 사실을 있는 그대로 기재할 만큼 내가 정직한 사람은 아니었다. 보는 이가 최대한 궁금증을 자아내게 썼고, 변화를 두려워하지 않는 진취적인 일꾼 이미지로 나를 포장했다. 어느 기업의 임원은 "어떤 분인지 궁금해서 뵙고 싶었어요"라고 첫인사를 건네기도 했다.

처음 이직을 결심했던 것은 싱글맘이 된 지 얼마 지나지 않아서였다. 이직한 곳은 녹용을 생산 제조하는 사슴농장이었다. 채용 공고에는 '지방 출장 가능자'라고 쓰여 있었다. 어쩌면 그것이 내가 이직을 하게 된 이유였는지도 모르겠다. 시가지를 한참 벗어나 2차선 도로를 달리고 달려 비포장 농로 안쪽으로 들어서자 사슴과 흑염소를 사육하는 커다란 농장이 모습을 드러냈다. 입구엔 녹용 제조 시설과 구내식당, 사우나, 마사지 숍 등의 설비가 잘 갖추어진 깔끔한 사옥이 자리하고 있었다. 한눈에 보기에도 이용 고객들이 많았다. 그 방문객을 상대하는 것이 주요 업무라는 것을 알 수 있었다.

나는 서비스 관리직으로 입사했다. 직함은 과장이었다. 사장은 목에 가래가 낀 듯 목소리가 걸걸하고 컸다. 사무실 벽면에는 농업기술인상, 표창장, 감사패 등이 걸려 있었다. 사장은 그 특유의 목소리로 직원들을 얼어붙게 만들었고, 괴팍한 면모와 능청스런 표정으로 상황을 무마해버리는 재주가 있었다.

출근을 하고 며칠 지나지 않아 첫 출장이 잡혔다. 트렁크 가방을 끌고 집을 나섰다. 세 살 난 어린아이를 두고 먼 길을 나서는 가장의 깊은 고뇌와 빛나는 모성으로 솟구치는 희망을 동시에 느끼며, 어두웠던 삶과 조금이라도 거리를 두고자 했던 나의 첫 시도는 자못 비장했다.

회사에 들러 간단히 미팅을 하고 포장 라인을 구경하며 시간을 보내다가 팀원들과 짐을 꾸려 한 지방 도시로 향했다. 숙소에 도착해 엄마에게 전화를 걸었다. 하늘이를 바꿔주었다. 아이는 갑작스러운 엄마의 부재가 낯설었는지 목소리를 듣자마자 울음을 터트렸다. '앞으로 이런 출장이 자주 있을 텐데' 뜨거운 눈물을 목구멍으로 삼켰다. 아이를 달래며 내 마음도 다잡을 수밖에 없었다. 강해지고 독해져야 한다, 나약해선 안 된다고 되뇌고 또 되뇌었다. 어쩌면 출장 업무가 반복되는 육아로부터 내 삶에 다소 숨통이 트게 해주지 않을까 하고도 생각했다.

함께 온 직원들과 저녁을 먹으며 소주를 마셨다. 입사한 지 얼마 되지 않아 어색했는데 술이 한잔 들어가니 한결 좋아졌다. 사장도 무엇 때문인지 들떠 있었다. 걸걸한 목소리와 능청스러움이 뒤섞여 입안에 느끼함이 느껴질 정도였다.

다음 날 아침, 낯선 긴장감과 함께 목적지에 도착했다. 오래된 도시, 낡은 건물들, 노점들이 즐비한 평범해 보이는 곳이었다. 그런데 무언가 범상치 않은 기운이 느껴졌다. 계단을 또각 또각 걸어 아래로 내려갔다. 눈앞에 또 다른 세상이 펼쳐졌다. 숨겨진 지하의 세계였다.

휩쓸리고 떠밀리고 장단에 맞춰 춤추고

⋮

창문 하나 없는 지하 공간은 일렬로 늘어선 기다란 형광등 불빛으로 간신히 어둠과 대치하고 있었다. 사장은 이미 도착해서 관계자로 보이는 사람들과 인사를 나누고 있었다. 그는 분주히 움직이는 직원들의 동선을 일일이 간섭하며 긴장된 분위기를 조장했다. 함께 온 팀원들은 사장의 구령 소리와 함께 곳곳으로 배치되어 있었다.

그곳에선 무언가 은밀한 작업이 이루어지는 게 분명했다. 내 머릿속을 가득 메우며 떠오르기 시작하는 그런 곳이 아니기를 간절히 바랐다. 나는 재빨리 모든 감각을 동원해 주변을 살폈다. 다양한 제품들이 쇼룸처럼 한쪽 벽면 가득 진열되어 있었다. 체형보정 속옷, 건강식품, 화장품, 의료기기 같은 것들, 안쪽에는 강의실로 보이는 커다란 공간이 자리하고 있었다. 정면에 커다란 벽걸이 TV가 걸려 있었고 그 옆에 나란히 보조 TV가 있었다. 의자나 테이블 같은 것은 없었고, 저렴한 장판이 깔린 뒤쪽 구석에 높다랗게 쌓인 방석 더미가 보였다.

그랬다. 그곳은 뉴스에서나 보았던, 그리고 말로만 듣던, 일명 '홍보관'이었다. 언젠가 엄마가 단돈 천 원을 주고 계란과 두루마리 휴지 30개를 받아온 적이 있었다. 누가 묻지도 않았는데 엄마는 다른 물건은 사지 않을 거라고 손사래를 쳤다. 미끼 상품으로 노인들을 모은 다음 저렴한 물건을 비싼 금액에 판매하는 홍보관에 다녀온 것이었다.

판매 세팅을 마치고 나니 60~70대 정도 되어 보이는 분들이 삼삼오오 모여들었다. 단골로 보이는 이들은 사장과의 친분이 완장이라도 되는 듯 어깨에 잔뜩 힘이 실려 있었다. 판매가 시작되었다. 사회자가 나와 노래와 개그로 분위기를 띄우며 축제 같은 분위기를 조성했다. 사회자의 '누님, 누님' 소리를 들은 할머니들은 수줍은 소녀처럼 얼굴에 한가득 미소를 머금었다.

답답하고 혼란스러운 가슴을 진정시키기 위해 밖으로 나왔다. 햇살이 눈부셨다. 맑고 따뜻한 봄날이었다. 날씨조차 나와는 어울리지 않는 것 같았다. 호기롭던 내 모습은 사라진 지 오래였다. 집으로 돌아가고 싶었다. 당장 짐을 챙겨서 돌아갈까 생각했다. 당연히 그럴 수도 있었지만 발길이 떨어지지 않았다. 무언가 무거운 것이 두 발목을 붙잡고 있는 것만 같았다. 나는 다시 유유히 지하 세계로 내려갔다.

내가 맡은 일은 '달임비'를 받는 것이었다. 판매된 녹용을 한약재와 함께 달여주는 비용을 현금으로 따로 받고 있었다. 사회자가 청중을 향해 우리를 소개하는 멘트를 날렸다. 환호성을 받으며 무대 위에 나란히 섰다. 사장은 전문 MC라도 되는 듯 팀을 소개했다. 마치 쇼 프로그램의 한 장면 같았다. 이어 영상을 통해 회사 전경과 제조 시설이 소개됐다. 사내의 식당과 사우나는 녹용을 구매한 고객들이 사슴 요리를 맛보고 목욕을 즐길 수 있는 시설이었다. 사장은 지루하지 않게 중간 중간 퀴즈를 내고 맞히는 사람에게 녹용 비누를 선물하며 능숙하게 분위기를 이끌었다.

"우리 농장 사슴의 숫자는?"

청중들은 답을 맞히기 위해 혈안이 되었다. 답을 맞히면 흥분을 감추지 못하고 앞으로 나왔다. 나는 비누를 건네 드렸다. 그런데 할머니 한 분이 나오셔서는 내게 비누 한 개만 달라고 조르기 시작했다. 당혹스러웠다.

"에이, 그러지 말고 한 개만 줘요. 우리 며느리 주려고 그래."

"안돼요. 다른 분들 알면 난리 나요."

"아무한테도 말 안 할게."

"안 된다니까요."

"아무한테도 말 안 한다니까. 아이참, 하나만 주지."

어느새 나는 회사의 비누 재고를 사수하기 위해 할머니와 싸우고 있었다.

그렇게 본격적인 업무가 시작됐다. 퀴즈가 끝나고 조명이 꺼졌다. 사이키 조명이 돌아가며 경쾌한 음악이 깔렸다. 장내는 마치 어느 유명 트로트 가수의 콘서트장처럼 열광의 도가니가 되었다. 누구는 자리에 앉아 힘차게 손뼉을 쳤고, 누구는 흥에 겨워 일어나 손가락을 추켜들고 몸을 흔들었다.

그런데 이게 어찌 된 일인가. 내 몸이 그만, 음악과 함께 흔들리고 있는 것이 아닌가. 이런, 맙소사! '이봐! 여기는 나이트가 아니라고!'

나도 모르게 몸이 흔들렸다. 이런 내 모습은 사장에게 감동을 주고 말았다. 게다가 그동안 이렇게 달임비를 완벽하게 받은 사람은 처음이라며 가래 낀 느끼한 말투로 직원들 앞에서 나를 칭찬했다.

모텔로 돌아와 잠자리에 누웠다. 잠이 오지 않았다. 낮에 있었던 일들이 하나둘 머릿속을 스쳐갔다. 처음부터 녹용을 사려고 작정하고 온 이들보다 우리 엄마처럼 구경만 하려고 온 노인들이 대부분이었다. 누가 누가 많이 사나 경쟁이라도 하는 듯한 분위기에 휩쓸려 떠밀리듯 앞으로 나와 녹용을 주문했다. 주문한 녹용이 기계에 잘려 바구니에 담겼다. 사장은 덤이라며 얼핏 비슷한 양의 녹용을 잘라 자랑하듯 보여줬다. 고객들은 탄성을 질렀다. 그것은 누군가의 또 다른 구매로 이어졌다.

누군가는 달임비를 지불하면서 "난 오늘은 안 산다고 했는데" 하며 퉁퉁거렸다. 또 누군가는 불안한 표정으로 상품을 다른 주소로 보내줄 수 있는지 물었다. 우리 아들 알면 큰일 난다며 아들이 마치 저쪽에 와 있기라도 한 것처럼 귀에다 대고 소곤거렸다. 건당 60만 원부터 300만 원 가까운 금액의 녹용이 세 시간 남짓 웃고 떠드는 동안 거래되고 또 거래됐다.

낯선 도시의 밤은 지루하고 길었다. 돌아가면 다시는 여기에 오지 않으리라 다짐했다. 어딘가에서 이름도 얼굴도 알 길 없는 남녀의 은밀한 소리가 울려 퍼졌다. 마치 세상에 존재하는 유일한 소리처럼……

엄마라는 슬픈 짐승

:

　결심과는 달리 부산으로 가는 두 번째 출장에 따라나섰다. 무엇이든 처음이 어렵지 다음부터는 몸이 저절로 움직였다. 가야 할 명분도 스스로 만들어내며 내 자신을 합리화했다. 그들의 논리는 나의 논리가 되었다. 어느덧 나는 불법 홍보관 판매 일당이 되어 있었다.

　그런데 운이 좋았다고 해야 할까. 단속을 위해 잠입한 경찰의 카메라에 찍혀 참고인 조사를 받게 되었다. 조사를 받은 직원들은 사장을 제외하고는 모두 입사한 지 두 달도 되지 않은 직원들이었다. 경찰은 '불법 과대광고'라는 혐의를 중점적으로 조사했지만 누구도 어떤 처벌이나 행정명령을 받지 않았다. 그리고 나는 얼마 지나지 않아 그곳을 나왔다. 부끄러운 일이어서가 아니라 사장의 교활하고 괴팍한 성격 때문이었다.

부산에서의 두 번째 밤, 밤거리를 혼자서 하염없이 걸었다. 가슴이 터질 것 같아서 이정표도 없이 걷고 또 걷다 보니 해운대였다. 술을 마시고 싶었지만 마음이 무너져버릴 것 같아 바나나 우유를 하나 사서 해변에 앉았다. 산책을 나온 연인들, 가족들, 사람들의 웃음소리 속에서 이방인이 된 것 같았다. 바나나 우유로 속을 달래며 밤바다를 하염없이 바라보았다.

홍보관에서 만났던 사람들의 얼굴과 눈빛이 떠올랐다. 동네에서 마주할 수 있는 흔한 어르신들이었다. 두 번째 날의 스페셜은 녹용주였다. 몸에 좋아서, 피부에 좋아서, 비싸고 마셔도 취하지 않는 술이라서 술을 마시지 못하는 사람들도 이날은 녹용주를 마셨다. 조명은 어지럽고 음악은 경쾌했지만 어쩐지 서글펐다. 한동안 댄스타임이 이어졌다. 끝나지 않을 것처럼 이어지던 음악이 멈추고 다시 녹용 판매가 시작됐다. 누군가는 기분이 끝내주게 좋아져서 녹용을 샀고, 누군가는 슬퍼져서 녹용을 샀다. 누군가는 타인의 손길이 그리워 거기에 이끌렸다. 나도 그곳에 있었다. 녹용주를 마시며 누군가는 웃었고 누군가를 울던 그곳, 그곳에서 나는 혼자 쓸쓸히 춤을 추었다.

내 진짜 잘못은 법을 위반한 것이 아니었다. 나는 그분들의 슬픈 눈빛을 모른 척했고, 그분들의 슬픔이 내 슬픔임을 알면서 외면했다. 더 큰 잘못은 내 안의 부끄러움을 인정하지 않고 나 자신을 속였다는 것이다. 모든 것들이 의문투성이였지만 내 선택이 잘못되었음을 인정하고 싶지 않았다. 마음이 내내 불편했다.

내가 경멸한 건 사장의 교활함이었다. 사장은 4대 보험을 미루고 고용계약 따위에는 안중에도 없으며 직원들에게 폭언을 서슴지 않았다. 돈을 벌기 위해 양심을 저버린 그에게 치가 떨렸다. 그렇게 사람을 경멸하게 된 내 마음의 민낯을 마주해야만 했다.

그에게는 이십 대 중반의 딸이 있었다. 아내가 집을 나간 뒤 어린 딸을 지키려고 닥치는 대로 일하며 생계를 이어갔다고 한다. 그에게도 집도 절도 없던 혹독했던 가난이 있었다. 농장의 터는 딸아이와 텐트를 치고 더위와 추위를 견디던 삶의 터전이었다. 따뜻하고 안전한 곳에서 아이를 키울 수 있다면 무엇도 마다하지 않았을 동력은 가장으로서의 책임과 사랑이었으리라.

그는 위장에 술이 조금만 들어가면 아무도 묻지 않은 이야기를 늘어놓았다. 출장에 다녀올 때마다 목이 빠지게 기다리는 아이에게 매번 '한 번도 가진 적이 없는 선물'을 사서 돌아갔는데, 그럴 때면 딸아이가 무척 기뻐했다며 어울리지 않는 미소를 지었다. 그러나 딸아이가 진정 기뻐했던 것은 '한 번도 가진 적이 없는 선물'이 아니라 돌아온 아빠였을 것이다.

그는 가장 중요한 그 사실을 잊은 듯했다. 그래서 농장의 주인이 된 지금도 그 일을 계속하고 있었다. 타인에 대한 사랑은 자신을 완전히 저버린 채 그 사람을 위해 움직이게 만드는 힘이 있다. 그것이 윤리적 정당성과는 한참 거리가 있다고 해도 그렇다.

홍보관을 나온 이후 수차례 이직을 경험하며 내가 알지 못했던 수많은 나를 만났다. 겹겹이 싸인 자아의 껍질은 조금씩 균열이 생기다가 떨어져 나갔다. 나를 만들어낸 어린 시절의 경험이 고통과 함께 떠올랐다. 돈에 집착하는 엄마가 싫어서 나는 다른 사람이 되고 싶었는데, 나는 엄마보다 더한 속물이었다. 돈이 무서웠다. 나와 가족의 불행이, 거의 유일한 친구였던 강아지 루루의 죽음이 모두 돈 때문이라고 생각했다. 돈은 모든 불행의 근원이면서 무고한 생명을 좌지우지할 수도 있을 것 같았다. 그래서 돈 많은 사람이 우월해 보였다. 맹목적으로 돈에 집착했다. 돈으로 나와 타인의 가치를 판단했다.

엄마는 루루를 팔아 쌀을 샀다. 엄마가 된 나도 그렇게 했을지 모른다. 루루는 처음부터 마지막까지 우리를 위해서만 존재했다.

공원 앞 타로 카페

⋮

수술이 끝나고 방사선 치료와 호르몬 치료가 시작되었다. 40여 일 간 진행된 방사선 치료는 가슴에 집중되어 있어 별다른 부작용을 느끼지 못했다. 하지만 주사와 알약으로 여성호르몬 분비를 억제하는 호르몬 치료는 조금 달랐다. 생리가 곧바로 멈췄다. 주기적으로 가슴을 쥐어짜며 시작되는 통증이 온몸으로 퍼져 열감과 함께 홍조가 생겼다. 뼈 통증에도 시달려야 했다. 바깥 기온과는 상관없이 온몸이 아무 때나 땀범벅이 됐다. 그로 인한 불면의 밤도 계속됐다.

나이가 들면서 자연스레 폐경이 찾아왔다면 모르겠지만 인위적이고 갑작스런 변화를 맞이한 몸이 낯설고 힘들었다. 10년 전 항우울제를 복용했을 때도 느꼈지만 약물의 효과는 정확하고 대단했다. 5년이라는 시간 동안 그런 상태로 지내야 했다. 그 기간을 보내고 나면 자연적으로 갱년기를 맞이할지도 모른다는 사실이 슬펐다.

암 진단 결과를 받아들기 전, 나는 죽음의 공포를 먼저 맛보았다. 그리고 나라는 존재의 소멸을 마음으로 경험했다. 이후부터는 살아있다는 사실만으로 감사한 마음이 들었다. 삶에서 어떤 일을 만나든지 우선순위를 두고 싶었다. 눈앞에서 펄럭이던 낡은 족자의 빛깔을 잊고 싶지 않았다. 덕분에 폐경이 된 몸과 친해지기 전까지 어느 정도 진통을 겪긴 했지만 어느 순간 몸에 악성종양이 존재했었다는 사실조차 잊고 생활하게 되었다.

방사선 치료를 마치고 앞으로 무엇을 할까 고민했다. 직장 생활보단 내 일이 하고 싶었다. 마침 보험회사로부터 받은 진단비가 있었고, 남동생이 모자란 비용을 선뜻 내주었다. 외국 생활을 정리하고 한국으로 돌아온 지 얼마 되지 않은 여동생은 함께 가게를 보러 다니며 도와주었다. 인테리어 업체를 선정하고, 거울과 커튼 등 발품을 팔아 소품들을 사 와서 내부를 장식했다. 원두 납품 업체를 선정하고, 기본 레시피를 토대로 우리만의 레시피도 만들었다. 타로 카드로 사람들과 소통하는 것을 좋아하는 내게 맞는 좋은 기회라는 생각에 들떠 있었다.

2019년의 어느 봄날, 작은 공원 앞에 카페를 오픈했다. '오픈 이벤트, 방문 고객 타로 상담 무료'라고 적힌 입간판을 세워두었다. 오픈 첫날에는 지인부터 손님들까지 많은 사람이 카페를 찾았다. 동생이 메인으로 커피를 내리고 내가 함께 음료를 만들다가 손님이 타로 상담을 원하면 테이블에 동석했다. 타로를 본 손님들은 매우 즐거워했다. 다시 지인들을 대동해 카페를 찾기도 했다.

한동안 바쁜 날들을 보냈다. 개업 특수가 빠질 무렵 동생도 새로운 일을 시작했다. 점차 타로를 보러 오는 고정 단골들도 생기고 주기적으로 커피를 마시러 오시는 분들도 생겼다. 혼자 커피와 음료를 준비하고 타로 상담도 보느라 하루가 분주했다. 손님이 뜸한 시간에 카페를 찾는 아기 엄마와 품에 안긴 사내아이와의 시간은 또 하나의 일상이 되었다.

그동안 잊고 지냈던 오랜 인연들도 카페를 통해 다시 만났다. 어릴 적 살던 동네에서 함께 교회에 다니던 오빠도 SNS를 통해 카페를 찾아왔고 여고 1학년 때 아르바이트로 찹쌀떡을 팔아 성경책을 선물해주었던 잊지 못할 친구도 꽃다발을 안고 찾아왔다. 오래전 버스킹 공연을 통해 가수와 팬으로 인연을 맺었던 '블리스데이'의 도영 님도 스투키 화분을 안고 관계의 끈을 이어주었다. 바쁘다는 핑계로 자주 만날 수 없던 사람들이 틈을 내어 카페로 찾아왔다. 이혼 후 가장 힘들었던 시절에 위로가 되어주었던 분은 그 사이 아이 엄마가 되어 있었다.

가볍게 생각했던 타로 상담이 예상외의 결과를 냈다. 시간이 지나면서 무료로 진행하던 것을 소정의 금액을 받았다. 한 분 한 분 손님들을 맞이할 때마다 진심으로 소통하려고 노력했다. 부담감도 그만큼 커졌다. 사람들은 점점 많은 것을 듣고 싶어했다. 아무에게도 하지 못한 이야기를 꺼내기도 하고, 내 앞에서 울음을 터트리기도 했다. 그럴 때면 잠들기 전, 괴로운 시간을 보냈다. 낮에 사람들과 나눈 대화와 테이블에 펼쳐지던 카드의 이미지가 떠올랐다. 행여 내 말이 경솔하지 않았는지 실수는 없었는지 점검하며 두려워졌다.

늦가을로 접어들면서 공원이 비수기에 접어들자 손님이 뜸해지기 시작했다. 어느 정도 예상은 했지만 테이크아웃으로 판매되는 수익이 대부분이었다. 그래도 단골손님들은 꾸준히 카페를 찾아주었다. 그런대로 이어가며 카페는 새로운 봄을 기다리고 있었다.

당신을 이해합니다

:

3년 전 이혼을 했다는 50대 남자 손님이 방문했다. 개업하고 얼마 되지 않아 이벤트 타로를 열심히 봐주고 있을 때였다. 이혼한 아내와 재결합을 할 수 있는지를 봐달라고 했다. 타로를 보기 전에 하는 말이 있다.

"제가 배운 타로는 어떤 의미에서는 점술이기도 하지만 어떤 면에서는 아니기도 해요. 타로는 내 안에 있는 무의식을 보여주는 도구거든요. 무의식적으로 어떤 선택을 하게 될 것인지 방향성을 파악하고 미래를 예측하는 것이 타로예요. 저는 무의식이 흐르는 방향을 보고 긍정적인지 부정적인지를 파악하고, 뽑혀나오는 카드의 의미를 해석해줄 뿐이에요. 결국 선택은 질문자의 몫이니까요."

카드의 흐름 상 전 아내는 이미 결혼 생활에서 벗어나 바쁘게 지내는 것 같았다.

"사장님, 제가 의처증이 왜 생겼는지 알 수 있을까요? 아내가 그걸 너무 힘들어했거든요."

어떤 질문도 가능하긴 하지만 내가 얼마큼 그것을 해석할 수 있을지는 장담하기가 어렵다. 나는 뽑혀 나오는 카드의 의미만으로 해석하겠다는 말을 재차 강조하며 카드를 펼쳤다. 그런데 조합이 도저히 이해가 가지 않았다. 당연했다. 타로만으로 한 사람의 인생을 말하려는 자체가 큰 오류였다. 그래도 타로 리더로서 어떤 말이라도 해줘야 할 것 같았다.

"사실 카드의 조합이 너무 뒤죽박죽이라 말씀드리기 모호한 부분이 많아요. 결론 카드를 보고 말씀드리면, 컵을 든 이 소년은 어린아이거든요. 이 소년이 손에 든 컵은 타로에서는 감정을 뜻해요. 소년이 든 컵 속엔 물고기가 들어 있는데 그 의미는 소년에게 즐거움을 주는 것일 수도 있고, 소년이 좋아하는 대상일 수도 있어요. 잘은 모르겠지만 어릴 때 소년이 느끼고 기대했던 것과 관련이 있지 않을까 싶어요."

말하고 있는 도중 손님에게 의문이 들었다.

"그런데 진짜로 의처증이 있나요? 왜냐하면 '의처증이 왜 생겼을까?'라는 질문 자체가 사실이 아닐 수도 있잖아요."

"내가 의처증이 있다는 생각은 해보지 않았는데, 아내가 내게 의처증이 있다고 했어요. 그래서 내가 의처증이 있는 게 아닐까 싶은 생각이 들었는데……, 잘 모르겠군요."

손님이 돌아가고 난 뒤 찝찝한 마음이 들었다. '그냥 모른다고 할 걸 그랬나' 싶었다.

그는 문 닫을 시간이 다된 시각 동창들과 함께 찾아오기도 하고, 예쁜 두 딸과 자전거 하이킹을 나왔다가 들르기도 했다. 그럴 때마다 타로도 보고 잠깐이지만 대화를 나누고 돌아갔다. 손님이 많았던 어느 날은, 기다리다가 토마토 주스 한 잔 마시고 일어난 적도 있었다.

내가 타로를 배우기 시작한 것은 어느 이별 직후였다. 싸움 한 번 없이 잘 지내던 사람과 사소한 다툼으로 헤어졌다. 그는 어쩌면 우리에게 새로운 가족이 생길지도 모르겠다는 생각이 들 만한 사람이었다. 싱글인 그가 아이를 데리고 데이트에 나오는 나를 이해하기가 쉽지 않았을 텐데 항상 특유의 재치로 우리를 배꼽 잡게 했다.

운명의 장난인지 그 사람 역시 진로 문제로 고민하고 있었다. 오랫동안 해오던 그래픽 디자이너라는 직업에 염증을 느껴 다른 일을 찾고 있었다. 그가 그 문제로 그토록 힘들어하는 줄 몰랐다. 어쨌든 그는 자신의 처지를 이유로 나와의 관계를 놓았고, 나 역시 현실 때문에 그를 놓아버렸다.

그때 나를 몰입하게 해주었던 도구가 타로 카드였다. 그와 헤어지고 어느 카페에서 타로를 보고 족집게처럼 상황을 술술 읽어주던 타로 리더 덕분에 위로를 받았다. 곧 신비로운 타로의 세계에 빠지면서 그 사람을 잊어갔다. 타로를 배우고 난 뒤 타로는 신비가 아니라는 것도 알게 되었다. 물론 타로를 읽는 리더의 경험과 소통 능력에 따라 차이가 있겠지만 적어도 나는 그 한계를 극명하게 체험했다. 명리학 역시 살아가는 데 도움이 되는 측면이 많아 보였지만 성격상 사람들의 운명을 논하며 비용을 받는 것이 무척 힘들었다.

칼바람이 부는 스산한 겨울 저녁, 스스로 의처증이 있다고 생각하는 손님이 다시 카페로 들어왔다. 심화 상담을 하고 싶다고 했다. 심화 상담은 영혼 타로와 무제한 셔플 상담으로 구성된 상담이었다. 그분의 영혼 타로를 꺼내놓고 기본적인 기질 등을 하나하나 얘기하며 타로에 담긴 수비학적 의미를 설명했다. 손님은 이야기를 듣는 둥 마는 둥 하다가 설명이 끝나자 기다렸다는 듯 질문을 했다.

"사장님, 이건 타로랑 상관이 없는 얘길 수도 있는데요, 제가 이혼한 지 2~3년이 되었는데 주변에서 이혼한 사실을 몰라요. 지금 직장 동료들도 그렇고 친구들도 그래요. 그런데 내가 이혼 사실을 말 안 하고 있으니까 사람들이랑 잘 섞이지 않더라고요."

"그럼 앞으로 그분들과 잘 지낼 수 있을지 타로로 봐드릴까요?"

"아니, 이혼했다는 사실을 말 안 하고 있으니까 마음이 너무 불편해서요."

난감했다. 타로로 읽을 수 있는 내용이 아니었다. 상대도 잘 알고 있었다. 잠시 고민을 하다가 내 이야기를 들려주었다. 나 역시 같은 고민을 했었다. 괜히 말을 안 하고 있으면 어쩐지 상대를 속이는 것 같은 느낌이 들어서 불편했다. 묻지도 않았는데 먼저 이혼했다고 말하기도 했다. 그래도 마음이 불편하긴 마찬가지였다. 시간이 어느 정도 흘러 생각해 보니 이유를 알 것 같았다. 다른 사람은 사회적인 측면으로 바라보면서, 내게는 편견을 먼저 적용하고 있었다. 그것은 누군가에게 굳이 설명해야 한다거나 숨기려고 하지 않아도 되는 일이었다.

"아내가 있을 때도 굳이 '나는 아내가 있어요'라고 말하지 않으셨듯이 이혼했다고 '나는 이혼을 했어요'라고 먼저 말할 필요도 없는 거죠."

이혼을 겪은 사람들이 통과의례처럼 같은 고민을 하는 것을 봤다. 말로는 괜찮다고 하면서 누군가 알까 두려워하는 사람도 있었다. 자신에게도 객관성을 적용한다면 그럴 필요가 없는데 말이다. '사실'은 자연스럽게 말할 수 있어야 가볍게 살아갈 수 있다.

"누군가 가족에 대해 물어보거나 구체적으로 얘기해줘야 할 때가 올 거예요. 그때 선생님이 얘기하고 싶으면 얘기하시면 돼요. 이혼 사실을 말 안 한다고 해서 누군가를 속이는 것은 아니 잖아요."

손님은 내 얘기를 들으며 고개를 끄덕였다. 얼굴에 화색이 돌 았다. "물어보면 그때 얘기해라, 이거죠?"라고 되묻고는 "알겠 습니다" 하고 카페를 나갔다. 타로 카드는 만져보지도 않았다. 타로를 펼쳐 카드의 조합을 예측해 들려줄 때보다 훨씬 편안해 보였다.

손님이 다시 카페를 찾았을 땐 회사에 마음에 드는 이성이 생 겼다고 했다. 오랫동안 아내와의 헤어짐을 자책하는 그에게 그 만 잊으시라고, 따님들도 다 컸으니 선생님도 좋은 친구분 만나 즐겁게 지내시라고 했던 게 도움이 되었으려나. 경험으로 터득 한 삶의 배움이 알 수 없는 미래를 예측하는 것보다 누군가에게 는 훨씬 큰 힘이 된다. 내가 글을 쓰는 이유도 아마 그 때문일 것 이다.

왜, 굳이, 지금, 하필이면

⋮

겨우내 움츠러들었던 공원에 생명이 움트기 시작할 무렵, 신종 바이러스가 코로나19라는 이름을 달고 세계 곳곳으로 퍼졌다. 카페를 개업한 지 채 1년도 되지 않은 시점이었다. 매출이 반짝하고 오르는가 싶더니 비수기 때보다 더 줄어들었다. 날이 좋으나 좋지 않으나, 추우나 더우나 어르신들의 만남의 장소가 되었던 공원 언덕 벤치도 쓸쓸하게 먼지만 쌓여갔다.

'아프니까 사장이다'라는 포털사이트의 자영업자 커뮤니티에는 '시간이 좀 지나면 나아질 거예요', '메르스 때도 그랬어요', '버팁시다!'라는 위로의 댓글들이 달렸다. 그러기 시작한 지 두 달, 세 달이 지나도록 전염병의 확산세가 줄기는커녕 감염자가 기하급수로 늘어만 갔다. 의료와 보건을 자랑하던 강대국들의 위상을 무너뜨리며 수많은 사람의 목숨을 앗아가고 있었다.

'K-방역'이라는 이름으로 사적 모임과 영업시간이 제한되고 사회적 거리두기가 강화되었다. 어느 가게에 방문한 손님이 코로나에 걸렸다는 문자가 오면 주변 상권이 초토화됐다. 커뮤니티에는 '누가 누가 매상을 더 죽 쒔나'를 겨루듯이 한숨 섞인 댓글들이 오갔다. 손님이 없으니 빠르게 흐르던 카페 안의 시간이 정지된 것만 같았다. 하루 종일 아메리카노 두 잔으로 마감한 날도 있었다. 마스크를 쓰고 살아가는 나날이 길어질수록 점점 숨이 막히는 듯했다. 사소한 일상이 몹시 그리웠다.

창가에 앉아 우두커니 적막한 공원 골목을 바라보았다. 매순간 '희망'이라는 단어가 얼마나 큰 힘을 주고 있었는지 새삼 깨달았다. 갑자기 불어닥친 바이러스의 공포에 그 희망마저 사라진 것 같았다. 언론에서는 코로나와 인류가 전쟁을 치르는 상황이라며 매일 감염자와 사망자 숫자를 타전하고 있었다. '전쟁'을 겪지 않은 세대지만 그 고통마저 조금은 헤아려볼 수 있을 지경이었다.

여전히 카페를 찾아오는 단골들이 있었지만 월세와 관리비를 내고 나면 남는 것이 없었다. 임대료조차 내지 못할까봐 두려워 잠도 오지 않았다. 코로나보다 월세가 더 무서웠다. 가게를 오픈할 때 남동생에게 빌려 쓴 돈과 그동안 이직을 겪으며 서서히 불어난 대출금이 옥죄어 왔다.

주변 대부분의 가게가 울며 겨자 먹기로 배달을 시작했다. 그조차 배달 수수료를 내고 나면 남는 것이 하나도 없다며 울상이었다. 나도 배달을 고려했다. 배달을 하려면 필요한 용기나 기구들을 구입해야 했다. 무엇보다 상담을 위해 찾아오는 손님이 전체의 40퍼센트나 됐다. 상담하는 동안 배달을 받지 않는 것도 가능했지만, 그러자면 배달 서비스를 도입하는 의미가 없었다. 배달에 필요한 메뉴도 문제였다. 몇 가지 케이크나 크루아상 등 디저트가 있긴 했지만 배달 메뉴로 선택될 메리트는 없었다.

이러지도 저러지도 못하는 상황이었다. 월세가 밀리지 않고 운영비 정도는 간신히 벌리는 것에 감사하자고 마음을 다독였다. 코로나도 그렇지만 온갖 괴담이 더 두려웠던 시기에도 매일 카페에 들러 커피를 사 가는 분들, 카페를 아지트 삼아 오시는 분들이 있었다. 주문과 동시에 카드를 내밀며 "사장님도 한 잔 마셔. 안 마시면 내일부터 안 온다"며 협박 아닌 협박을 하는 분도 있었다. 일부러 타로 카드를 펼치게 하고 다른 손님을 응대하는 사이에 테이블에 돈을 올려놓고 가기도 했다.

그런 마음들 덕분에 힘을 얻었다. 디저트도 보완하고 새로운 메뉴도 추가해 메뉴판을 재구성했다. 문을 닫지 않은 것만으로도 감사한 날들이었다.

어느 특별한 날의 동물원

⋮

하늘이가 다섯 살 되던 해 가을, 아이 아빠에게 연락을 했다. 이혼 당시 그는 아이가 다섯 살이 되면 주기적으로 만나겠다고 했다. 살다 보면 납득할 수 없어도, 믿어지지 않더라도 믿어야 하는 일이 있다. 아이는 미국에서 자신을 만나러 올 아빠를 손꼽아 기다렸다. 아빠라는 존재에게 앞으로 아이와 만남을 가질지 물어보는 것은 내 입장에서도 껄끄러웠다. 그에겐 새로운 가정이 생겼고, 그동안 아이를 찾지 않았던 점을 고려하면 더욱 그랬다. 주변에서는 '그런 아빠'라면 내 선에서 먼저 정리하는 편이 낫다고들 했지만 엄마라는 이유로 아이와 아빠의 관계를 마음대로 결정할 수는 없었다. 그것이 순리라고 생각했다.

그보다 만남이 일회성으로 끝나버리거나 약속이 번번이 지켜지지 않았을 때 아이가 느낄 실망이나 받게 될 상처가 더 신경이 쓰였다. 그는 아이가 보고 싶고, 앞으로 계속 아이를 만날 의향이 있다는 의사를 전달해 왔다.

"엄마, 나 아빠 만날 생각 하니까 너무 기대돼!"

어느 가을날, 하늘이는 기억에는 존재하지 않지만 존재만으로도 그리운 아빠를 만나게 되었다. 동물원에 가려고 집 앞으로 데리러 오는 아빠를 기다리며 아이는 내내 들떠 있었다. 아파트 단지 안으로 들어온 차가 멈추고 그가 우리 쪽으로 걸어왔다. 하늘이는 내가 아빠라고 알려주기 전까지 전혀 알아보지 못하고 멀뚱히 서 있었다. 햇살이 뜨거운 날이었는데도 그는 정장 차림이었다. 그 역시 하늘이에게 번듯한 인상을 주고 싶었을 것이다.

"하늘아" 하고 그가 아이를 부르며 어색한 미소를 지은 채 인사했다. 하늘이의 얼굴에 당황한 빛이 역력했다. 쭈뼛쭈뼛하며 구조 요청을 하듯 내게 신호를 보내더니 등 뒤로 몸을 숨겨버렸다. 오랜만에 마주한 나 역시 어색한 건 마찬가지였다. 그와 짤막한 인사를 나누고 하늘이에게도 가벼운 인사를 유도했다. 그리고는 함께 차에 올라탔다.

하늘이는 자동차 뒷자리에 앉아서도 내게 바짝 달라붙었다. 아빠의 질문에는 한마디 답변도 못 하고 몸을 꽈배기처럼 비틀어댔다. 그러다 내가 아이 아빠와 얘기를 주고받으면 아빠를 힐끔거리며 바라봤다. 하늘이와 장난을 치거나 그와 형식적인 대화를 나눌 때를 제외하면 차 안은 어색한 적막만이 감돌았다.

길마저 막혔다. 동물원에 도착하면 밥때가 지날 것 같아 점심을 먹고 들어가기로 했다. 동물원 근처에 있는 돈가스집으로 갔다. 음식을 주문한 그는 밖으로 나가더니 선물 상자를 한 아름 안고 나타났다. 차에서 긴장이 조금 풀리기도 했지만, 아빠의 선물에 마음이 녹았는지 하늘이의 얼굴에 한가득 웃음꽃이 피었다. 다른 아이들에게는 여러 특별한 날 중 하나였을 순간이 하늘이에게는 태어나 처음으로 맞는 특별하고 특별한 순간이었다. 기뻐하는 아이의 모습에 뭉클하면서도 가슴 한쪽이 씁쓸해지는 것은 어쩔 수 없었다. 선물 상자를 하나하나 뜯어볼 때마다 하늘이의 감탄사가 이어졌다.

식사를 마치고 동물원으로 올라가는 리프트에 몸을 실었다. 맞은편으로 동물원에서 내려오는 가족들이 보였다. 문득 '우리가 그때 헤어지지 않았다면 어땠을까'라는 생각이 들었다. '우리도 저들처럼 살고 있었을까? 저들은 우리를 평범한 가족으로 보겠지?' 그럴 리 없었지만 그가 내 생각을 알아차리기라도 할까봐 얼굴이 화끈 달아올랐다.

깊은 가을로 접어드는 동물원은 나들이를 나온 사람으로 북적였다. 동물원을 좋아하는 하늘이와 나는 어색함도 잊고 즐거웠다. 그러나 그는 물과 기름처럼 우리와 분리된 것 같았다. 하늘이를 안아주고 목마도 태워주면서 애를 쓰긴 했으나, 안겨 있는 하늘이의 몸은 아빠에게 감기지 못하고 어정쩡하게 일자로 뻗어 있었다.

그는 저녁에 일정이 생겨 오래 있지 못할 것 같다고 했다. '몇 년 만에 딸을 만났는데 여전하구나. 와이프 몰래 나온 것이 분명해'라는 생각이 들었다. 마음 같아서는 뒤통수를 한 대 갈겨 주고 싶었다. 짧은 아빠와의 만남을 하늘이가 서운해할까봐 걱정이 되었다. 하늘이가 만으로 4년을 다 채우고 만난 아빠와의 시간치고는 너무 허무했다.

동물원이 문을 닫을 시간도 얼마 남지 않았다. 점심 무렵에 만나 막힌 도로 위에서 어색하게 보낸 시간, 점심을 먹고 동물원 입구에 줄지어 대기하며 주차하는 데 보낸 것에 비해 정작 동물원에서 보낸 시간은 턱없이 짧았다. 만약 하늘이와 단둘이 동물원에 왔다면 '밀림의 왕, 사자'부터 봤을 것이다. 그다음 아기 동물들부터 파충류까지 동물원 구석구석을 돌아다녔겠지. 너무 귀여운 수달은 한 번 더 찾아갔을 것이다. 그리고는 동물원이 문 닫을 시간이 다 되어서야 '동물들아, 안녕! 나는 하늘이야. 다음에 또 올게'를 연발하며 인사를 나눴겠지. 우리는 레드카펫을 걷듯 동물 친구들과 인사를 하며 걸어 나왔을 게 분명했다.

유리를 통해 사자가 보이는 카페에서 그는 하늘이와의 사진을 몇 컷 찍어달라고 했다. 사진을 찍으며 문득 불길한 예감이 들었다.

'혹시 이번이 처음이자 마지막으로 찍는 아빠와의 사진이 되면 어쩌지…….'

드라마와 현실은 달라

⋮

동물원에서 집으로 돌아오는 내내 하늘이 눈치를 살폈다. 집에 도착하니 엄마는 오랜만에 만났는데 저녁도 안 먹고 왔냐며 바짝 다가와 물었다. 사실대로 말하면 하늘이 앞에서 욕을 늘어놓을 게 뻔해서 아빠에게 받은 선물에 빠진 하늘이의 모습을 그저 바라만 봤다.

"엄마, 나 라켈 인형 정말 갖고 싶었어!"

하늘이는 집에 있는 인형을 모조리 늘어놓고는 인형 놀이에 여념이 없었다. 아빠를 만나서 어땠는지 묻는 말에는 담담하게 "좋았어"라고만 대답할 뿐이었다. 다섯 살 인생에서 기억에 없는 아빠를 처음 만난 것만큼 큰 사건도 없을 텐데 그저 '좋았어'라니⋯⋯. 하늘이의 표정은 그동안 정말 아빠를 그리워하긴 한 건가 싶을 정도로 무심해 보였다.

다음 날, 목욕을 하며 물놀이를 하는 하늘이에게 다시 물어보았다. '오늘 어린이집에서 누구랑 놀았어?'라고 물어보듯 최대한 가벼운 어조로.

"하늘아, 아빠 만났을 때 어땠어?"

하늘이는 튜브 인형에 물을 담았다가 다시 따라내며 말했다.

"좋았어."

어제와 마찬가지로 시큰둥한 반응이었다.

"아니, 그런 것 말고. 만나서 반가웠는지 어땠는지 그런 거 있잖아?"

하늘이는 손에 들고 있던 튜브를 내려놓으며 무언가 불만인 듯 나를 쳐다봤다.

"엄마, 아빠 원래 그렇게 몸이 컸어? 깜짝 놀랐잖아!"

"……어……, 엄마가 그렇게 말하지 않았나? 왜? 그래서 아빠 싫어? 별로였어?"

"그냥, 별로 맘에 안 들어."

"잉?"

예상하지 못한 하늘이의 답변이 놀랍기도 하고, 우습기도 하고, 어안이 벙벙했다.

"하늘아, 왜? 아빠가 어디가 그렇게 맘에 안 드는데?"

다시 내려놓았던 튜브에 물을 담으며 하늘이가 말했다.

"얼굴이랑 몸통."

"얼굴이랑 몸통?"

'풋' 하고 터지는 웃음을 꾹 참으며 다시 물었다.

"하늘아, 얼굴이랑 몸통이 맘에 안 들면 다 맘에 안 든다는 거잖아. 그러지 말고, 아빠가 하늘이 엄청나게 예뻐했는데 하늘이도 아빠 좋은 점이 있었을 것 같은데?"

"팔."

다음 대답을 재촉하듯 하늘이에게 되물었다.

"팔?"

"팔이랑 시계. 마음도 좀 좋은 것 같아."

"팔? 팔이 마음에 들었다고?"

나는 참지 못하고 웃음을 터트리고 말았다. 하늘이는 당분간 아빠가 그렇게 많이 보고 싶지는 않을 것 같다고 했다. "아빠 만났으니까 이제 괜찮아, 엄마"라고 말하고는 하던 일을 계속했다.

나중에 들은 얘기로는 내가 TV 드라마에 나오는 송중기, 김수현, 이승기 같은 배우들을 좋아하니까 아빠도 당연히 그런 모습일 거라고 상상했었단다. 그러나 그날 하늘이의 환상은 무참히 깨졌다. 하늘이는 아빠를 만나 '현타'를 겪은 후, 실제로 한동안 아빠를 그리 그리워하지는 않는 것 같았다.

물론 하늘이에게 진짜 '현타'는 '분명히 존재하는 아빠를 확인한 것'이었다. 이제 아빠는 언제고 미국에서 돌아오면 또다시 만날 수 있는 사람이었다. 부재하는 듯한 막막한 희망에서 조금 거리가 있는 현실이 된 것이다.

"하늘아, 엄마가 그랬지? 아빠가 너처럼 예쁜 아이를 낳은 것은 정말 성공한 거라고, 내 말을 안 믿은 거야? 하하하."

"그래도 그렇게 몸이 큰 줄은 몰랐지!"

토닥토닥 다독다독 처방전

:

"언니, 언니가 왜 힘든지 알아요? 남편이 없어서 그래요."

같은 단지에 사는 하늘이 친구의 엄마가 카페 비수기를 맞아 고심하고 있는 내게 말했다. 딱히 반응이 없자 다음 말까지 덧붙였다.

"이럴 때 남편 수입으로 생활을 하면 되는데, 언니는 그게 안 되니까, 그럴 수밖에요. 혼자 버니까."

사람들을 만나다 보면 일부러 그러는지, 눈치가 없는 건지, 걱정해서 하는 말인지 아닌지 분간하기 어려운 경우가 많았다. 상대의 가장 약한 부분을 꼬집어 말하는 사람들이 있었다. 몇 년 전 어느 중소기업 대표는 면접에서 이런 질문을 했다.

"이혼 사유가 뭐죠?"

"그땐 소통하는 방법을 몰랐어요."

사장은 하반신 마비로 휠체어를 타고 있었다. 사내의 모든 이동 동선, 책상과 테이블 등이 사장의 휠체어의 규격에 맞게 짜여 있어 큰 불편함은 없어 보였다. 책상에는 성경책이 가지런히 놓여 있었고 벽면에는 성경 구절이 적힌 커다란 액자가 걸려 있었다.

"우리가 알거니와 하나님을 사랑하는 자 곧 그의 뜻대로 부르심을 입은 자들에게는 모든 것이 협력하여 선을 이루느니라."

잔잔한 CCM이 사내에 흘러나오고 있었다. 그는 내 이력서를 훑어보면서 혼잣말로 무어라 중얼거리더니 다른 질문은 일절 하지 않았다.

"이력서 충분히 봐서 궁금한 건 없네요. 이혼 사유가 뭔지 궁금했어요."

아르바이트 면접 때보다도 짧은 최초의 면접이었다. 사전 질문지를 작성했던 것이 생각났다. 특이하게 가족 사항을 구체적으로 적으라고 쓰여 있어서 사실대로 적었었다.

그곳은 교통체증 없이도 차로 한 시간이 더 걸리는 외곽이었다. 그런 곳에 이혼 사유를 듣기 위해 사람을 오라고 하다니 어이가 없었다. 너무도 화가 났다. 그런데 나를 정말 슬프고 화나게 했던 것은 따로 있었다. 나를 대하는 사장의 태도가 아니라 내가 나를 대하는 태도였다. 면접에서 수모를 당하고 귀까지 빨

개져 홍당무가 된 얼굴로 밖으로 나왔다. 인사 담당자가 합격하면 회사에 입사할 의사가 있는지 물었다. 면접 조서에 적기 위해서였다. 그런데 내가 나의 기분과는 무관하게 '네'라고 대답을 하는 것이 아닌가. 그런 수모를 당하고서 '네'라니! 도무지 나를 이해할 수가 없었다.

합격 연락마저 오지 않자 나 자신이 정말 한심하고 무능해 보였다. 이혼 사유를 남편의 외도나 도박 같은 것으로 말했으면 어땠을까. 도대체 나라는 인간의 뇌구조는 어떻게 생겨 먹었길래 언제나 모든 것을 내 탓으로 돌리고 있을까? 사장이 내게 이혼 사유를 물을 자격이 있을까? 나는 그에게 그것을 대답해 줬어야 했나? 욕이라도 한 바가지 해주고 그 자리를 박차고 나와도 모자랄 판에 자신을 탓하다니!

그런 내가 가엾고 미안했다. 하지만 그때뿐이었다. 나는 양쪽에서 힘껏 잡아당겼다가 놓으면 이전대로 돌아가는 용수철처럼 원래 모양새가 그렇다는 듯 번번이 제자리로 다시 왔다. 나를 사랑하리라 결심했지만 그게 뭔지 감조차 오지 않았다. 그저 나를 생각하면 가슴 한구석이 슬프고 답답하기만 했다. 어떻게 해야 나를 사랑할 수 있을까? 사랑은 도대체 무엇일까?

"하늘아, 우리 엄마 놀이 하자. 엄마가 아기 할게, 하늘이가 엄마 하면 안 될까?"

"좋아, 엄마!"

"엄마, 나 여기가 아파요. 마음이가요."

"우리 아기, 많이 아팠어요? 엄마가 호 해줄게. 호~ 호~ 누가 그랬어? 엄마가 혼내줄까?"

"어! 혼내줘."

"때지! 때지! 엄마가 혼낼 거야."

"엄마, 안아줘."

"엄마가 안아줄게."

"네, 엄마."

사랑이 뭔지 모르면서 사랑이라 말했던 것이 잘못이었을까? 사랑이라는 이름으로 상처받았던 그 모든 이유가 그 때문이었을까? 생각보다 거창하지 않아서, 그래서 사랑이 어려웠다. 마음에 너무 힘을 주고, 너무 많은 것들을 생각하고, 깊이 헤아려서 오히려 더 멀어져버렸다. 사랑은 그런 것이 아니었는데……. 그래도 사랑밖에 할 수 없었다.

하늘이가 두 팔을 뻗어 힘껏 나를 안아주었다. 통통하고 보드라운 볼을 내 볼에 비비고 앙증맞은 두 손으로 머리와 등을 쓰담쓰담 해주었다. 어설픈 손짓으로 밴드를 떼어내어 가슴에 꾹 눌러 붙여주었다. 어린이집에서 직접 만든 약봉투에 약도 처방해 담아주었다. 얼어붙었던 마음이 거짓말처럼 스르르 녹아내렸다.

냉정하게 물러서야 할 때

:

코로나19 사태가 장기화되고 방역이 지속적인 효과를 보이면서 사람들이 슬슬 움직이기 시작했다. 야외에 놓은 파라솔 그늘에 앉아 공원에서 불어오는 바람을 즐기는 손님들이 조금씩 늘어났다. 예전처럼은 아니지만 매출이 다시 오르기 시작했다. 하지만 코로나가 종식되지 않는 한 승산 없는 싸움이었다. 인생에서 처음으로 야심차게 시작했던 사업이 무너져 내리고 있는 것만 같았다.

앞으로 어떻게 해야 할지 냉정하게 생각해봐야 했다. 물론 이 사태는 나뿐 아니라 수많은 자영업자가 겪는 일이었다. 하지만 잘되는 곳은 여전히 사람들로 북적였다.

나만의 기술과 차별성도 갖추지 않은 채 겁도 없이 장사를 시작하다니, 참으로 용감했다. 정작 중요한 것이 빠져 있었다. 경험이 부족한 탓에 권리금과 인테리어 비용으로 너무 많은 초기 비용을 들였다. 만약의 경우를 대비해 여유자금도 비축해놓아야 했지만 그러지 못했다. 커피와 함께 타로를 접목한 것이 이색적이라 판단했지만, 오히려 그것이 발목을 잡았다. 상담하다가 서둘러 커피를 내리는 일이 반복되었다. 이것도 저것도 아닌 애매한 상황이 되었다.

결정적으로 내 선택에 커다란 오류가 있었다. 나의 고유한 가치와 목표보다 타인의 시선이 먼저였다. 카페는 진심으로 원했던 일이 아니었다. 내가 진짜 원했던 것은 타로 카드라는 도구를 통해 사람들과 소통하는 것이었다. 남들에게 그럴듯하게 보이고 싶은 허영심 때문에 무리하게 마련한 공간이 바로 카페였다. 내 가치와 철학이 우선이었다면 사람들이 오가는 도심 한복판에서 타로를 펼쳤어도 충분했을 것이다.

사람들의 말처럼 타로를 주력으로 돈을 더 받는 것이 2500원짜리 커피를 파는 것보다 나았다. 그러나 그조차 내겐 쉽지 않았다. 누군가의 미래를 말하며 돈을 받는 것은 매우 고통스럽고 힘든 일이었다. 그 또한 경험을 통해 새롭게 발견한 내 모습이었다.

'타로로 미래를 알았다면 카페를 하지 않았겠지…….'

특수한 시기인 만큼 헐값에 카페를 내놓았다. 이제 모든 것을 인정해야 했다. 쏟아부은 정성과 돈을 경험이라는 가치로 바꾸기까지 잠시 몸살을 앓았다. 헐값에 카페를 내놓았지만 매매가 쉽지 않았다. 게다가 부동산은 중간에서 내가 내놓은 것보다 가격을 훨씬 더 높게 올려놓고 이득을 챙기려 했다. 그 결정의 시간 동안 많은 사람의 조언과 응원을 받았다. 다른 업종으로의 전환을 도와주겠다는 고마운 친구도 있었다.

"조금만 지나면 괜찮아질 거야."

"들인 돈이 얼만데, 그동안 해놓은 게 아깝다."

"그래도 요즘 이렇게 손님 있는 가게도 드물더라."

"가게 문 닫아놓으면 절대 안 나가니까 나갈 때까지라도 문은 열고 있어."

그러나 내 결정은 확고했다.

2020년 6월 말일자로 카페 운영을 종료하고, 다음 날 새로운 회사에 출근하기로 확정지었다. 가장으로서 모든 것을 고려하고 내린 최선의 선택이었다.

당신의 친절에 감사합니다

⋮

카페 손님들에게 6월 마지막 날 문을 닫는다는 소식을 알렸다. 그때마다 울컥하고 눈물이 나올 뻔한 적이 한두 번이 아니었다. 손님들도 아쉬워했다.

"유일하게 강아지랑 같이 들어와 커피를 마실 수 있는 곳이었어요."

"문 닫기 전까지 계속 올게요."

"동네에서 제일 좋아하는 공간이었는데, 너무 아쉬워요."

초창기부터 자주 오던 한 연인이 있었다. 그들은 카페를 오픈한 지 얼마 되지 않을 때 일본 여행을 다녀오면서 나와 하늘이 선물을 사왔다. 언젠가는 데이트를 하다가 너무 맛있는 빵집을 발견했다며 초콜릿이 듬뿍 올려진 빵을 놓고 가기도 했다. 찾아올 때마다 하늘이의 안부도 잊지 않았다.

카페를 아지트라 부르며 제 집 드나들 듯 오시던 손님들도 있었다. 어느새 호칭마저 '언니'라고 바뀌어 있던 '언니들'은 문 닫기 직전까지 커피를 마시러 왔다. 아지트가 없어지는 것을 무척 아쉬워했다.

카페는 매매가 되지 않은 채 마지막 영업일을 맞았다. 아침부터 몸이 무거웠다. 현관을 나오는데 엄마가 물었다.

"나도 갈까? 정리할 거 많잖아."

"대강하고 들어올 거야."

아무렇지 않은 척하고 싶었는데 퉁명스럽게 대답이 나가고 말았다. 엄마와 함께 있으면 일부러 오만상을 찌푸리고 있을 것 같았다. 카페를 정리할 생각, 첫 출근 할 생각만으로도 머리가 지끈거렸다. 해야 할 일은 산적해 있는데 아무것도 하고 싶지 않았다.

'일단 냉장고만 비우자.'

카페에 도착해서 커피를 내렸다. 직접 템핑 해서 먹는 마지막 커피였다. '오늘 누가 올까' 생각했다. '단골 언니'들은 전날 미리 다녀가셨다. 떠오르는 얼굴들이 있었지만 여부는 알 수 없었다. 오늘까지 쿠폰을 사용하시라고 했으니 마지막 날 쿠폰을 사용하러 오는 손님들이 있을지도 몰랐다. 의무감 같은 것이 있었다. 사용하지 않은 쿠폰함을 보면 일종의 채무 같았다. 다 갚고 가지는 못하겠지만 할 수 있는 만큼은 하고 싶었다. 냉장고만 비우고 사라져버리려고 했는데, 그 생각이 뜨거운 커피 몇 모금과 함께 증발해버렸다.

성탄이(푸들)와 함께 산책 나온 성탄이 엄마가 시작이었다. 아이스 아메리카노를 건네고 쿠폰으로 계산을 했다. 내가 먼저 인사를 건넸다.

"그동안 감사했어요."

그녀가 손사래를 치며 계산하겠다고 하는 것을 겨우 말렸다. 이후 단골손님들이 하나둘 나타나기 시작했다. 카페가 북적였다. 테이블이 꽉 찼다. 개업이 아니라 폐업인데…….

마음 같아선 폐업 이벤트로 모두에게 음료를 무료로 나누어 드리고 싶었다. 하루 종일 눈가가 촉촉했다. 여러 감정이 복받쳐서 온몸에 전류가 흐르는 것처럼 찌릿찌릿했다. 누군가가 폐업 사실을 손님들에게 굳이 알릴 필요가 있느냐고 했다. 하지만 결과는 그 반대였다. 많은 분들이 아쉬움에 카페를 찾아왔다.

전날 인사를 마친 단골 언니들도 또 왔다. 잠깐 들르셨다고 했다. 얼마나 감사하던지 이번엔 진짜 마지막 인사를 나눴다. 한 분 한 분 포옹을 했다. 코로나 직후 아무도 찾지 않던 그때, 정적을 깨고 문을 열고 들어오던 모습이 떠올랐다. 그만 참았던 눈물이 터져 나왔다. 이렇게 찾아오는 손님들이 있는데 가게 문을 닫는다는 게 믿기지 않았다. 곳곳이 내 손때가 묻은 공간이었다.

해가 질 무렵 냉장고에 있는 식자재를 비우기 시작했다. 폐업 진행 중이었다. '띠링' 하고 출입문에 달린 종이 울렸다. 카페를 오픈하고 줄곧 조건 없이 감동을 주었던 연인이 꽃을 들고 들어왔다. 내게 꽃을 안겨주었다.

"라그라스라는 꽃이에요. 꽃말은 집에 가서 꼭 찾아보세요. 사장님과 잘 어울리는 꽃말이에요."

그들이 이해가 되지 않았다. 무료로 타로도 본 적도 없었다. 일전에는 우스갯소리로 "혹시 무슨 종교 단체 같은 곳에서 전도 나오신 건 아니시죠?"라고 물어본 적도 있었다. 아무 조건 없이 베푸는 마음이 신비롭기까지 했다. 장사를 하고 나서 더더욱 그런 사람들을 만나기가 쉽지 않았다. 대부분은 어떤 목적을 가지고 선의를 베풀었다.

"사장님, 지금 가게 정리하고 계시죠? 오늘은 메뉴 주문 안 하고 좀 앉아 있다가 갈게요"라고 말하며 늘 앉던 안쪽 자리에 나란히 앉아 조용히 시간을 보냈다. 냉장고를 닦으며 눈물이 났다. 이제 문을 닫게 될 카페의 마지막을 빛내주고 있는 아름다운 마음이 느껴졌다. 내 마음도 따뜻했다.

잠시 뒤 '띠링' 하는 종소리와 함께 또 누군가가 문을 열고 들어왔다. 이번에도 단골손님이었다.

"사장님 오늘 가게 마지막 날이라면서요? 이거 할 때 인테리어하고 들어오지 않았어요? 제가 계약할게요."

그는 "만약에 변심하면 환불해주는 거야"라는 말을 덧붙이며 가계약금을 선뜻 지불했다. 여자 친구가 운영을 해보고 싶다고 했단다. 드라마틱한 일이었다. 마지막 영업일 저녁 7시쯤이었다. 가게가 매매되지 않으면 앞으로 받게 될 월급의 절반을 비어 있는 가게의 임대료와 기본 관리비로 지불해야 하는 상황이었다.

그렇게 거짓말처럼 카페가 매매된 이후, 코로나의 확산세는 더욱 심해졌고 위기 경보 단계도 높아졌다. 새로운 지침이 계속 생겨났다. 뉴스를 볼 때마다 한숨이 나왔다. 계약을 하면서도 헐값에 가게를 매매하는 이유를 구체적으로 설명했다. 동네 특성상 디저트 같은 간소한 먹거리의 비율을 높이거나 다른 메뉴를 파는 것도 추천한다고 말씀드렸다. 나는 그가 코로나로 인해 피해를 입지 않기를 간절히 바랐다.

몇 달 지나지 않아 가게는 또 다른 주인을 찾고 있었다. 사람들은 그때 폐업하지 않았으면 어쩔 뻔했느냐고 했다. 결정을 내리는 데 타로의 도움을 받았는지 물어보기도 했다. 타로를 펼쳐본 것은 맞지만 해석하고 받아들이는 것은 결국 각자의 몫이었다.

사람들은 타로의 결과보다 자신의 느낌으로 이미 답을 알고 있을 때가 많았다. 나 역시 내 안의 어떤 느낌을 따라서 갔다. 그리고 점점 그 느낌에 귀를 기울였다. 시간이 지나면서 그 모든 길이 최선의 선택이었음을 알게 되었다. 내 삶을 어떤 힘이 이

끄는 것만 같았다.

　카페에서의 마지막 날 저녁에 연인으로부터 받았던 라그라
스의 꽃말은 이랬다.

　'당신의 친절에 감사합니다.'

4

하루도 사랑하지 않은 날이 없었다

하루도 사랑하지 않은 날이 없었다

꽁꽁 싸맸던 포장지를 뜯어내면

:

아이 아빠는 동물원 만남을 마지막으로 모습을 드러내지 않았다. 언제 어디서든 영상 통화가 가능한 스마트폰 시대에 아빠가 미국에 살고 있다는 거짓말이 들통나는 것은 시간문제였다. 아빠를 만난 이후로 그리워서 우는 일은 없었지만 가끔 아빠와 통화를 하고 싶다고 했다. 말도 안 되는 거짓말로 차일피일 미루고 있었다.

"지금은 아빠가 자고 있을 시간이야. 미국은 지금 한밤중이거든. 전화한다고 해도 아빠는 벨 소리를 듣지 못할 거야. 아빠도 하늘이처럼 한번 잠이 들면 누가 업어 가도 몰라."

가끔은 전화번호를 물어보곤 했다. 전화를 걸어봐야 아빠가 정말 자고 있는지 그렇지 않은지 알 수 있지 않겠냐는 뜻이었다.

...
하루도 사랑하지 않은 날이 없었다

"지금 미국은 새벽 2시인데, 새벽 2시는 한밤중인데."

나는 시계를 바라보며 전화를 거는 시늉을 하고는 역시 아빠가 자고 있는 것으로 결론을 내려줬다. 하늘이는 수긍했지만 못내 아쉬운 마음을 내비쳤다. 꼭 해야만 하는 숙제를 계속 미루고 있는 것처럼 마음이 무거웠다.

어떻게 해야 아이가 상처를 덜 받을지 도저히 감이 오지 않았다. 아이가 좀 더 자랄 때까지 시간을 끄는 것이 낫지 않을까 생각했다. 이제 겨우 여섯 살인 아이에게 사실을 털어놓을 수는 없을 것 같았다.

그러던 어느 주말 저녁이었다. 함께 TV를 보던 아이가 갑자기 울음을 터트렸다. 모니터에서는 재혼가정 이야기를 따뜻하게 담아낸 주말 연속극이 방영되고 있었다. 그저 가족의 오래된 습관대로 재미와는 상관없이 채널을 고정한 채 시청한 것뿐이었다. 드라마는 아내의 친구와 바람을 피운 남편 때문에 이혼을 한 가정의 이야기였다. 그날은 뒤늦게 가족의 소중함을 깨달은 남편이 아이들을 그리워하며 주변을 서성이다가 3년 만에 재회하는 장면이 나왔다.

하늘이가 아빠가 보고 싶다며 갑자기 울기 시작했다. 쉽사리 그칠 눈물이 아니었다. 함께 TV를 시청하던 가족들과 안타까운 눈빛을 주고받다가, 울고 있는 아이를 안고 방으로 들어갔다.

"엄마, 아빠가 너무 보고 싶어. 아빠한테 내가 보고 싶어한다고 전화해줘.”

아이의 몸에서 그동안 참아왔던 아빠에 대한 그리움이 한꺼번에 쏟아져 나왔다. 그러나 아이의 애절한 부탁을 들어줄 수가 없었다.

그는 그동안 아이를 만나는 것뿐 아니라 양육비도 제대로 지급하지 않았다. 자기 형편이 이것밖에 되지 않는다며 터무니없는 금액을 통장에 입금하고는 양육비가 들어오지 않았을 때를 제외하고는 연락하지 말아달라고 했다. 아이 아빠로서 그를 존중해주고 싶었으나 자신의 의무가 무엇인지도 모르는 것 같았다. 그에게 양육비 청구 소송을 진행할 참이었다.

“하늘아, 엄마가 미안한데……, 엄마가 하늘이한테 말하지 못한 게 있어……, 사실은……, 엄마랑 아빠가 하늘이가 어렸을 때 헤어졌어……, 하늘이 잘못이 아니야……, 정말 미안해…….”

여섯 살밖에 되지 않은 어린아이는 폐부를 관통하는 듯한 슬픔을 쏟아냈다. 나는 온몸을 다해 울부짖는 아이의 모습을 지켜볼 수밖에 없었다. 내 가슴도 찢어지는 것 같았다. 품에 안겨 꿀럭꿀럭 몸을 떨며 한참을 울던 아이는 기운이 고갈되고 나서야 그쳤다.

“하늘아, 아빠도 하늘이랑 헤어질 때 지금 하늘이처럼 많이 울었어. 아빠도 하늘이와 같이 살고 싶어했어. 그런데 엄마가 하늘이를 키우게 된 건 아빠는 밥도 못 하고, 우리 할머니처럼 집에서 하늘이를 돌봐줄 사람도 없어서야. 아빠는 할머니랑 따로 살거든. 하늘이를 잘 챙겨줄 수가 없어서 엄마가 하늘이를 키우게 된 거야. 엄마는 하늘이가 없으면 살 수 없으니까. 아빠가 엄마한테 엄청나게 울면서 우리 하늘이 잘 키워달라고, 부탁한다고 했어."

"엄마, 그러면 지금 아빠는 어디에 있는 거야?"

"지금 서울에 있어. 하늘이가 그때는 아기라서 말할 수가 없었어. 거짓말해서 미안해."

"그럼 나 아빠 못 보는 거야? 지난번처럼 보면 되잖아?"

"사실은 아빠한테 하늘이 말고도 다른 가족이 생겼어."

하늘이의 두 눈에서 또다시 눈물이 흘러내렸다.

"〈아이가 다섯〉에 나오는 아줌마랑 아저씨처럼?"

"그래, 하늘아. 그래도 아빠는 작년에 하늘이를 만났던 것처럼 계속 그렇게 만나려고 했는데 그게 잘 안 됐던 것 같아. 그런데 하늘이는 아빠 딸이잖아. 아빠와 하늘이는 가족인 거야. 만날 수 없어도 아빠는 절대로 하늘이를 잊을 수가 없어. 엄마가 만약에 아빠처럼 하늘이를 볼 수 없다면 엄마는 매일매일 하늘이가 보고 싶어서 울었을 거야. 엄마는 하늘이를 매일 볼 수 있어서 정말 좋아."

품에 안겨 울고 있는 아이의 등을 계속 토닥였다.

"하늘아, 미안해. 마음 아프게 해서 정말 미안해. 하늘이 잘못이 아니야. 알았지? 하늘이 잘못이 아니라는 걸 꼭 기억해야 해. 알았지? 어른들이 잘못한 거야."

산책을 하기에는 늦은 감이 있었지만 밖으로 나왔다. 하늘이를 등에 업고 걸으며 그리움에 지친 아이의 심장이 평안해지길 빌었다. 집에 들어와 함께 목욕을 하고, 여느 때처럼 나란히 팔을 베고 누웠다. 어둠 속에서 하늘이가 물었다.

"엄마, 아빠가 나랑 헤어질 때 그렇게 많이 울었어?"

"그럼, 엄청나게 울었어. 흑흑흑 꺼억꺼억, 우느라 말도 제대로 못 했어. 아까 하늘이처럼 울었다니까."

"아빠가 울었다니 상상이 안 가."

"아빠도 당연히 슬펐겠지. 엉엉엉…… 흑흑흑…… 꺼억꺼억…… 어흑어흑……."

아빠의 우는 모습을 흉내 내자 어둠 속에서 하늘이가 까르르 웃었다.

"우리 아기 오늘 힘들었지? 잘 자. 좋은 꿈 꿔. 엄마가 너무 사랑해!"

"나도 사랑해, 엄마!"

금세 잠이 든 것 같았던 하늘이가 다시 입을 열었다.

"엄마, 그런데 신기해. 아빠랑 엄마가 헤어진 거랑 아빠를 못본다고 생각하면 슬프긴 한데, 이상하게 나, 마음이 편해."

이미 모든 것을 알고 있었던 것일까. 엄마가 진실을 말하기만을 기다리고 있었던 것일까. 하늘을 뒤덮은 먹구름처럼 마음속을 가득 메운 존재의 비화들이 말끔히 사라졌다. 그 밤의 우리는 어느 때보다 맑고 평온했다. 그리고 그것은 오랫동안 지속되었다.

진실은 때때로 불편함이라는 포장지를 쓰고 곁에 놓여 있다. 그런 이유로 곧잘 외면당하고 만다. 용기를 내어 포장지를 열어보면 알게 된다. 그것은 누구에게나 공평하고, 존재를 향한 사랑과 존중을 품고 있다는 것을……

버티고 참아내는 사람들

⋮

첫 출근과 동시에 입이 떡 벌어졌다. '또 시작됐군' 하는 생각
이 절로 들었다. 게다가 인수인계 기간이 3일이라니, 앞으로 맡
게 될 업무를 3일 안에 파악해야 한다는 것이었다. 전임자가 달
력에 기간별 업무 리스트를 체크해주었다. 나는 앞으로 처리해
야 할 업무 등을 정리하며 이해되지 않는 것들은 샘플로 남기며
대비를 했다. 회사에서는 힘든 부분이 있으면 도와줄 테니 언제
든 얘기를 하라고 했다. 많은 회사를 경험했던 터라 이제는 분
위기만 봐도 저절로 알아지는 것들이 있었다. 전임자가 남기고
간 업무 파일, 미처 처리되지 못한 민원들, 잘못 정산된 청구서,
자기 업무를 밀어내느라 정신이 없는 사람들……. 대충 분위기
가 파악이 되었다.

주택 관리 회사였던 그곳은 관리 사무실을 둘 수 없는 소규모 빌라 같은 공동주택의 관리 대행 업무를 하고 있었다. 나는 특정 두 개 도시의 담당자였다. 1000세대가 넘는 60여 개 건물의 관리 기본 사항과 관련한 민원을 처리하고 관리비를 정산하는 업무였다. 첫날부터 전화기에 불이 나기 시작했다. 이번 일은 그동안 해왔던 모든 업무가 집약되어 있었다. 고객센터처럼 계속해서 걸려오는 전화를 우선 처리한 다음, 공사가 필요한 것들은 공사팀으로 전달하고, 그 결과까지 책임지고 체크해야 했다.

매월 15일부터는 각기 다른 건물의 관리비 부과를 위한 선행 작업, 입금 체크, 공과금 납부 등의 업무가 있어 더 바빴다. 낮에는 전화를 받고 민원 처리를 하느라 다른 일에 손댈 틈이 없었다. 틈틈이 업무의 비효율적인 부분을 파악하며 어떻게 하면 빠르고 효과적으로 처리할 수 있을지 고민했다. 발견한 것들은 곧 실행에 옮겼다. 늦은 밤까지 야근하거나 주말에도 회사에 나왔다. 분산되어 있는 데이터를 통합하고 정산 프로그램과 엑셀의 연동 기능 등을 찾아 적용했다.

하필 내가 입사한 해 여름에 서울을 비롯한 경기 남북부, 강원도 등 많은 지역에 한 달이 넘는 집중호우와 태풍이 이어졌다. 회사가 관리하는 건물이 침수되기도 하고 TV와 전기가 끊기는 등 예상하지 못했던 일들이 발생하며 전화는 북새통을 이루었다. 밤에 잠을 자려고 누우면 해결되지 않은 일들이 떠올랐고 꿈

속에서조차 전화를 받았다. 하루 24시간 내내 일을 하는 것만 같았다.

당연히 회사의 이직률은 최고였다. 대부분 일주일도 안 되어 소리 없이 사라졌고, 조금 길게 간다 싶으면 한두 달 버티다가 결국은 그만두었다. 숙련된 일꾼이 생겨날 수가 없었다. 미숙한 일 처리와 실수가 이어졌고, 다음 입사자의 업무에 부담이 가중되었다. 악순환의 반복이었다.

자영업을 경험했던 터라 매달 꼬박꼬박 월급이 나온다는 사실이 얼마나 소중한지 알고 있었다. '꼬박꼬박 나오는 월급'과 '좋은 동료들' 덕분에 가까스로 회사 생활을 이어갈 수 있었다. 모두가 정신없이 바쁜 와중에도 최대한 도와주려는 마음이 느껴졌다. 하루 중 유일하게 쉴 수 있는 점심시간에는 잠깐 사무실 주변을 산책하며 머리를 식혔다. 관리비 부과가 끝나면 동료들과 모여 맥주를 마시고 한 달의 피로를 흘려보내는 것이 즐거웠다. 이야기꽃을 피우다 보면 시간 가는 줄도 몰랐다.

그러는 사이 길고 긴 장마도 끝이 났다. 관리비 고지 기간엔 대부분 야근을 했지만, 그동안 구축해놓은 자가 시스템 덕분에 야근하는 일도 거의 없었다. 하지만 어느새 회사에 대한 불신의 싹이 돋아나 있었다. 직원들을 대하는 대표의 태도가 눈에 들어오기 시작했다. 사람 귀한 줄 모르는 사람이었다. 최근 1~2년 사이 급속도로 성장했다는 회사의 시스템과 내부 관리 상황은 엉망이었다.

대표는 오직 건물 수 늘리는 것밖에는 관심이 없어 보였다. 업무를 지시하는 방식이나 회의를 진행하는 방식도 일방적이었다. 처리하기 버거운 일을 만나 고민 끝에 도움을 청하면 일 처리가 되기는커녕 그 자리에서 면박을 들었다. 회사는 누가 보아도 인원 충원이 필요했다.

딴에는 최선을 다하려고 노력했지만, 결국 아무런 인정도 받지 못하는 것만 같았다. 하지만 같은 상황에서도 참아내는 분들이 있었다. 대부분 학교에 다니는 자녀를 두었거나 대입을 앞둔 수험생을 둔 엄마들이었다. 자녀의 양육과 교육을 위해서 어쩔 수 없다며 힘들지만 버티며 참아내고 있었다. 또다시 심각하게 이직을 고려하고 있는 내 자신이 너무 한심했다.

왜 잠자코 있지를 못하니?

:

어느 순간 나는 일반적인 선택을 하지 못하는 인간이 된 것일까? 분명 녹록치 않은 형편인데 현실감각은 이상하게도 더욱 무뎌졌다.

'왜 나는 남들처럼 참지 못할까.'

하지만 나는 미래를 위해서 현재를 희생하고 싶진 않았다. 삶이란 누군가를 위한 것이 아니라 자신만의 가치를 발견하고 행복으로 내 삶을 가꿔가는 것임을 몸소 보여주고 싶었다. 그것을 함께 나누고 싶었다. 딸아이와 함께하는 삶이 너무 소중해서 모든 순간 순간을 누리고 싶었다.

많은 시간을 회사에서 보내는데 해결할 수 없는 문제로 고통을 받는다면 삶은 오염되고 말 것이다. 사소한 일일지라도 몸담은 일에 의미와 가치를 담으며 내 방식으로 성장하고 싶었다. 코로나 사태가 없었다면 안정적으로 오래 카페를 운영할 수 있었을까? 그것이 실패를 숨길 좋은 핑계거리는 아니었을까? '카페도 망한 주제에! 제발, 닥치고 그냥 다녀!' 하는 생각이 딱따구리처럼 나를 쪼아댔다.

아무리 좋게 생각해보려 해도 머리를 절레절레 흔들게 만드는 사건들만 줄줄이 일어났다. 어떻게든 결론을 내야 했다. 그런데 막상 결론이 나지 않았다. 힘들지만 또 행복했다. 힘든 일상 중에 나누는 마음이 즐거웠고, 한 달을 하얗게 불태우고 난 뒤의 회식이 소중했다. '고생하셨습니다' 하고 건배를 들 때면 한 달의 모든 피로와 체증이 사라지는 것 같았다. 그동안 동료들과의 관계가 발목을 잡은 적은 한 번도 없었다. 사회라는 자체가 이해관계로 얽힌 곳이라고 생각했다.

생각해보면, 마음을 다르게 먹었다면 다른 결과가 가져왔을 만한 회사도 많았다. 콘택트렌즈 영업사원으로 일하던 마지막 날, 사무 업무를 담당하는 여직원 한 명이 아쉽다며 자리에 앉아 눈물을 뚝뚝 흘렸다. 그리 가까운 사이도 아니었는데 나와의 이별에 눈물을 흘리는 그녀의 순수한 마음이 고마웠다.

인간미라고는 찾아볼 수 없는 대표에게 회의 때마다 아무 이유 없이 욕을 먹어야 했던 회사에서도 좋은 사람들을 만났다. 하필 회사 대표가 갑질을 일삼는 사람이었다. 매일 꼬투리를 잡기 위해 안달이 난 사람 같았다. 결론도 나지 않는 이슈들을 매번 들먹이며 분위기를 살얼음판으로 만들었고, 누군가는 매번 타깃이 되었다.

한번은 일주일간 해외여행에 다녀온 대표가 회사 이곳저곳을 돌며 사진을 찍어댔다. 그리고는 회의에서 한 장 한 장 슬라이드에 올려놓으며 지적을 해댔다. 일주일 전과 하나도 달라진 것이 없다며 언성을 높였다. 자신이 여행을 간 사이 입사한 사원이 인사를 안 한 것이 관리자의 큰 불찰이라는 점도 빼놓지 않았다.

입사하자마자 빠른 속도로 일을 배웠다. 그러고 싶어서가 아니라 딴짓할 여력도 화장실 갈 틈도 없을 만큼 바빴기 때문이었다. 대표는 자기 직원들을 대기업 사원의 역량과 비교하며 기를 죽였다. 우리 입장에서는 연봉은 왜 대기업과 비교를 안 하는지 모르겠지만.

"혜진 씨는 우리 회사에 할 말이 많은 것 같던데, 하고 싶은 말이 있으면 해보시죠."

근무 마지막 날, 아침 회의에 참석한 대표가 말했다.

"사장님, 사장님은 직원들이 어떤 마음으로 일하는지 생각해보신 적 있으세요? 저 여기 입사한 지 몇 달인데요, 지금 여기 계신 분들 낮에 화장실도 제대로 못 가고 일해요. 전화도 많이 오고, 업무는 너무 밀려서 끝이 안 보여요. 그렇게 열심히 일하는

데 사장님은 매번 회의 때마다 일을 왜 그거밖에 못하냐고 직원들을 몰아세우시죠. 사장님이 매일 하시는 말씀은요, 열심히 일하는 직원들을 정말 지치고 힘들게 만들어요. 집에서 아이 키우고 살림하느라 힘든 아내에게 빨래는 세탁기가 하고 청소는 청소기가 하는데 뭐가 힘드냐고 말하는 것과 같아요. 다들 정말 열심히 일하고 있어요. 진짜 문제는 시스템이 제대로 갖춰지지 않은 건데, 발주, 생산, 출하가 연동이 하나도 안 되니까요. 일일이 체크해야 하고 너무 소모적이에요. 이런 규모의 회사에서 거래명세서조차 수기로 작성하고 있으니까요. 그러면서 매출 보고서는 프로그램에서 뽑는 방식으로 요구하시는데, 마음에 안 든다고 하셨던 그 보고서, 제 나름대로는 최선을 다해서 시스템화해서 드린 거예요. 꾸준히 정확한 내용으로 올리면 된다고 생각했어요. 사장님이 요구하는 디테일과는 차원이 다르지만…….그만두신 정 과장님이 왜 더는 못하겠다고 했는지 해보니 알겠더라고요."

서러움이 조금 올라와서 목소리가 떨려왔지만 힘 있게 말을 이었다. 누군가에게는 서러움이 함께 복받치는 발언이었겠지만, 대표는 일그러진 얼굴을 한 채 짤막하게 대답했다.

"얘기 잘 들었습니다. 제가 이따 오후에 사무실에 없을 것 같으니 인사는 지금 합시다. 그럼 오늘 근무 잘하시고, 안녕히 가세요. 그리고 문 차장, 시스템 좀 알아봐."

결국 가뜩이나 바쁜 문 차장님에게 일거리만 만들어놓고 나오게 됐다.

나의 해방 일지

⋮

시력이 나빠졌지만 일부러 안경을 쓰지 않았던 때가 있었다. 어릴 적 시골에서 안개를 처음 만났을 때, 그 새하얀 세상이 좋았다. 발을 내디딜 때마다 세상이 하나둘씩 모습을 드러내면 신비한 기분에 사로잡혔다. 그때와 비슷한 느낌이 들어서라고 생각했지만 실은 사람들의 표정이나 눈빛을 마주하기가 힘들었다. 뿌연 세상에서 느끼는 안정감이 좋았다. 아무런 상관없는 사람들의 시선조차도 부담스러웠다.

인정받고 싶었다. 인정받는 것과 인정받지 못하는 것이 극명하게 나뉜 것 같아 고통스러웠다. 오르막과 내리막, 상승과 추락이 분명해서 언제라도 곤두박질칠 것 같은 긴장감으로 삶은 언제나 곡예를 타는 것 같았다.

초등학교 5학년 4교시 체육시간이었던 것으로 기억한다. 수업이 끝나갈 무렵, 반 전체가 운동장에 모여 혼이 나고 있었다. 옆 반 선생님이었는데 왜 혼이 났는지는 기억나지 않는다. 어쨌든 선생님은 몹시 화가 나 있었고, 아이들은 모두 고개를 숙인 채 두려움에 떨고 있었다. 점심시간을 알리는 종이 울렸지만 선생님의 화는 풀리지 않았다. 목에 핏대를 잔뜩 세우고 몸을 부르르 떨고 있는 선생님이 위태로워 보이기까지 했다. 어떻게든 선생님의 화가 풀리기만을 바랐다.

나는 뒤쪽에 서 있었다. 선생님을 가만히 보고 있다가 눈이 마주쳤다. 그런데 나도 모르게 그만 미소를 짓고 말았다. '미소'가 누군가의 화를 그 정도로 자극하는 일일 줄은 정말 몰랐다. 선생님이 손가락으로 나를 지목하며 앞으로 나오라고 소리쳤다.

잔뜩 긴장하여 앞으로 나갔다.

"야! 어디서 선생님이 혼내는데 웃고 있어? 웃음이 나와!"

선생님의 커다란 손이 내 뺨을 세차게 내리쳤다. 선생님의 손은 차갑고 딱딱했다. 내가 비틀거리며 흙바닥으로 넘어지고 나서야 아이들은 교실로 들어가 점심을 먹을 수 있었다.

바지에 묻은 흙을 털고는 눈물을 훔치며 수돗가로 걸어갔다. 세수를 한 후 그네에 앉아 서러움을 삼키고 있었다. 아이들은 아무 일 없었다는 듯 점심을 먹고 나와서 놀기 시작했다. 누구도 나를 위로하지 않았다. 담임선생님도, 나를 때린 옆 반 선생님도, 친구들도, 부모님도……. 세상에 혼자 덩그러니 남겨진 것만 같았다.

6학년이 되어 그분은 우리 반 담임이 됐다. 모골이 송연해진 나는 전에 없던 오기가 발동했다. 그동안 전혀 관심이 없던 공부를 하기 시작했다. 성적이 급속도로 올랐다. 단 2점이 모자라 안타깝게 놓친 한 번을 빼고는 학년 내내 우등상을 탔다. 선생님은 언제나 자상하게 대해주셨다. 집에 초대해서 짜장면도 시켜주셨다. 인생에서 처음이자 마지막으로 장학금을 받고 졸업을 했다.

문득 문득, 선생님이 운동장에서 맞았던 나를 기억하는지 궁금했다. 하지만 물어볼 수 없었다. '그날 웃었던 게 너였어?'라고 눈을 치켜뜨고 무섭게 돌변해버릴 것만 같았다. 채워지지 않았던 오랜 결핍은 오랫동안 삶을 무력하게 만든 뒤, 과도한 욕망을 불러왔다. 인정받기 위해서, 자신을 증명하기 위해서 고군분투했다. 성과가 없거나 예상을 빗나가면 곧잘 자포자기했다. 절대 들켜서는 안 되는 존재의 정체가 탄로라도 난 것처럼 끝도 없는 우울감과 자괴감에 빠져버렸다.

그럴 때면 그날의 운동장으로 돌아가 작은 나를 만나야 했다. 두려움에 떨고 있는 나를 안고 처참하게 외로웠던 마음을 함께 위로해야 했다. 모든 경험의 중심에는 언제나 그런 내가 있었다. 사랑받을 자격이 없다고 믿는 아이, 세상에 혼자라고 느끼는 아이, 자신이 너무도 하찮은 존재라고 느끼는 아이, 그 아이에게 그렇게 믿어버릴 수밖에 없었던 이유를 충분히 이해한다고 말해야 했다.

그리고 오해에서 해방시켜주어야 했다.

선생님도 자기가 너무 못난 어른이라서 몹시 부끄러웠을 거야. 너를 때리는 도중에 옳지 않은 감정에 사로잡혔다는 것을 알았을 거야. 그런데 감정이 이끄는 대로 행동해버려서 너무 괴롭고 미안했을 거야.

네가 공부를 잘해서 선생님께서 너를 인정했다고 생각하겠지만, 정말 그럴까? 너는 그렇다고 확신하고 있잖아. 그래서 인정받기 위해서는 무조건 잘해야 한다고, 성과를 내야 한다고, 그렇지 않으면 결코 인정받지 못한다고, 인정받지 못하면 하찮은 존재라고, 그렇게 기를 쓰고 너 자신을 괴롭히고 있는 거잖아.

그렇게 애쓰지 않았어도 선생님은 분명 네게 잘해주셨을 거야. 졸업식 날 많이 울었던 이유, 그 때문이잖아. 선생님께서 너를 모를 리가 있겠니? 시골 학교에 반이라곤 달랑 두 반뿐이었는데. 전교생 얼굴을 다 기억하셨을걸. 네게 잘해주고 싶었을 거야. 그날 너를 때려서 마음이 아팠을 거야. 많이 후회했을 거야.

그릇된 믿음들이 하나둘 허물어져갔다. 용기를 내서 상실한 시력을 인정하고 내게 꼭 맞는 렌즈를 통해 세상을 바라봤다. 그 때 세상은 내가 생각하는 것보다 밝고 친절했으며, 선명하고 아름다웠다.

순진하니까 그런 거잖아

⋮

'괜찮다'는 말이 싫었다. 조금도 위로가 되지 않았다. 나를 공감하지 못하는 것만 같아서 위로는커녕 화가 났다. 어떤 위로는 너무 가벼워서 화가 났고, 어떤 위로는 무거워서 화가 났다.

화가 나는 이유를 곰곰이 생각해 보았다. 괜찮고 싶지 않았다. 괜찮으면 안 된다고 생각했다. 나 자신에게 내린 길고 긴 형벌이었다. '괜찮아', '괜찮지 않아도 괜찮아', '이제는 아무것도 아니야' 그런 평범한 위로를 단단히 붙잡고, 툭툭 털고 일어나야 했다.

스무 살의 상처는 도화선이 되어 인생을 송두리째 흔들어놓았다. 나라는 존재를 둘러싼 껍질은 더욱 단단하고 두터워졌다. 아쉽게도 그 단단한 층들은 나를 지켜주지 못했다. 작은 바람에도 세차게 흔들렸다. 엄마가 되지 않았다면, '나 자신을 용서하지 못한 고통'을 이겨낼 수 있었을까? 살아내기 위해 이를 악물어야 했던 이유가 없었다면 삶을 포기하기 위해 이를 악물었을지도 모른다.

책이 나오면 가장 가까운 사람들도 나의 지난 일들을 알게 되겠지. 특히, 하늘이가 신경이 쓰였다. 원고의 윤곽이 나오기 시작했을 때, 서해로 가는 차 안에서 하늘이에게 지난날의 과오를 털어놓았다.

"하늘아, 엄마가 사실은……" 하며 꺼낸 이야기들, 처음 글을 쓰며 하늘이는 자신의 출생 비밀을 듣고는 웃음을 터트렸다.

"엄마, 대박! 엄마도 그러면 '아리'(혼전임신으로 결혼한 당시 일일드라마 〈누가 뭐래도〉의 여주인공)처럼 사고 친 거야? 하하하 어쩐지 내가 드라마 보면서 사고 친 적 있느냐고 물어봤을 때, 확실하게 대답을 안 하더라! 하하하. 엄마, 너무 웃기다. 재밌어! 엄마, 너무 웃겨" 하며 나를 당황케 했었다.

하지만, 다음 이야기들은 스케일이 너무 컸다. 아이가 감당할 수 있을까. 쓰지 않는 것이 나을까, 모르는 게 낫지 않을까 싶었지만, 나는 하늘이에게 그 사건과, 당시 나의 마음을 하나도 숨김없이 털어놓았다.

"하늘아, 엄마는 부끄럽게도 정말 몰랐어. 학교에서 배우기는 했었는데, 실제로 엄마한테 그런 일이 생길 줄은 몰랐어. 하늘아, 그건 정말 지울 수 없는 상처야. 문제는 그렇게 아픈데, 상처 받은 자신을 엄마가 더 미워하고 괴롭혔어. 그래서 너무 아프고 힘들었어. 하늘아, 하늘이는 자신을 사랑해야 해야 해. 그래야 자신을 지키는 힘이 생기거든. 하늘이 몸은 소중하니까 누구도 함부로 대하게 그냥 두어서는 안 돼. 알았지? 세상에는 한 번의 실수로 인해 평생 자신을 학대하며 불행하게 사는 사람들이 많아. 엄마도 그랬으니까. 그래서 책을 쓰는 거야. 그런 일을 겪었다고 '우리' 자신이 변한 게 아니라는 것을 말해주고 싶어서. 상처받은 사람들은 자신이 달라졌다고 생각해. 갑자기 엄마가 다른 사람이 되는 게 아닌데, 엄마는 그때 엄마가 더러워졌다고 생각했어. 그래서 너무 힘들었어."

눈물이 났지만 차분하게 이야기는 이어졌고, 하늘이 역시 훌쩍훌쩍 울며 내 얘기에 귀를 기울였다. 휴지로 몇 번이고 눈물을 훔치는 하늘이의 등을 토닥이며 조용한 시간이 이어졌다. 편의점에서 삼각김밥과 소시지, 음료수를 마시고 다시 목적지로 향하는 길, 하늘이가 먼저 입을 열었다.

"엄마, 그 아기를 뭐라고 불러야 하지? 나 그 아기한테 고마워서……, 내가 태어난 건 그 아기 덕분이잖아. 아빠가 나를 지우자고 했는데, 엄마가 우겨서 나를 낳은 거니까……, 왠지 그 아기한테 고맙고, 미안한 마음이 들어."

먹먹한 충격이 마음에 물결을 일으켰다.

"만약에 하늘이가 커서 이런 일이 있으면 안 되지만, 힘든 일이 생기면 엄마한테 꼭 얘기해야 해. 엄마는 무엇이든 다 도와줄 수도 있고, 이해할 수 있으니까. 알았지?"

"응 엄마. 그렇게 할게."

"하늘아, 깜짝 놀랐지? 괜찮아?"

"응. 아깐 슬펐는데 지금은 괜찮아. 난 이렇게 엄마랑 태어나서 행복하게 살고 있잖아."

"우리 하늘이 기특하네! 하늘아, 근데, 엄마 얘기 듣고 나니까, 갑자기 엄마가 막 다른 사람 같고 그래? 달라 보여?"

하늘이는 나의 얼굴을 빤히 바라보았다.

"아니, 하하하. 엄마가 갑자기 되게 순진해 보여. 아무것도 모르고 있던 것도 그렇고, 더러워졌다고 막 힘들어하고……, 순진하니까 그런 거잖아 엄마."

"순진하니까 그런 거잖아 엄마."

"순진하니까 그런 거잖아 엄마."

"순진하니까 그런 거잖아 엄마."

머리에서 종소리가 들렸다.

하루도 사랑하지 않은 날이 없었다

⋮

"저 양반 귀가 먹었어 진짜."

엄마는 아버지의 부쩍 느려진 동작이 마뜩치 않은 듯했다. 오랫동안 해온 아버지의 운전에 태클을 걸었고 '노인 운전면허 반납'에 대해서도 얘기했다. 아버지는 아직은 아니라고, 아직 밖에 나가면 아저씨라고 부른다고 코웃음을 치셨다.

실제 아버지는 귀가 잘 들리지 않으시는 듯했다. 엄마가 지적을 할 때마다 아버지는 '오랫동안 귀지를 파지 않아서'라고 둘러댔다. 그러다 동생의 손에 이끌려 청력검사를 받으신 아버지는 '노인성 난청'이라는 진단을 받고서야 인정을 했다. 아버지도 2층 어르신처럼 노인성 난청이 진행되고 있었다. 여러 어지러운 생각이 들었다.

몇 달 전 엘리베이터 앞에서 2층에 사시는 어르신이 보청기를 착용하지 않았다고 딸에게 잔소리를 듣는 모습을 봤다. 딸은 나와 눈이 마주치자 묻지도 않은 상황을 설명했다. 아버지에게 수십 차례 전화를 걸었는데 받지 않자 다급히 달려왔다는 것, 놀란 만큼 화가 났다는 걸 말하고 싶었던 것이다. 자신은 아버지에게 잔소리나 퍼붓는 딸이 결코 아니라고, 지금은 너무 놀라서 화를 내고 있다고……

언젠가부터 거실 소파에 앉아 있는 아버지는 나와 엄마가 식탁에서 나누는 대화를 듣지 못했다. '아빠, 아빠' 하고 몇 번이나 불러야 '응?' 하고 고개를 돌리셨다. 그럴 때마다 아버지의 귀에 파지 않은 귀지가 가득하길 바랐다. 아버지가 늙어가는 것을 인정할 수 없었다. 엄마는 짜증 섞인 목소리로 말했다.

"저 양반, 귀가 먹었어 진짜."

엄마 역시 남편이 늙어간다는 것을 인정할 수 없었던 것이다.

얼마 전이었다. 아버지가 퇴근하는 소리가 방 안으로 들려왔을 때 나는 막 잠에서 깨어나려던 참이었다. 5분만 더, 5분만 더. 시간을 늘리며 잠의 끝을 물고 늘어졌다. 내 방 너머 부모님의 목소리가 들렸다. 그때 불쑥 떠오른 생각 하나가 무의식을 파고들어 눈을 번쩍 뜨게 했다.

'아버지의 목소리가 오늘이 마지막이라면?'

평범한 아침에 왜 그런 생각이 들었는지 모르겠지만, 순간적으로 심장이 타들어가는 듯한 아픔에 가슴을 움켜쥐었다.

몇 해 전 길에서 우연히 마주친 지인이 생각났다. 그녀는 머리에 흰색 리본핀을 달고 있었다. 아버지가 며칠 전에 돌아가셨다고 담담히 말했다. 그녀의 그런 초연함이 얼마나 커다란 슬픔에서 빠져나왔는지를 말해주고 있었다.

"태어나서 처음으로 느껴보는 슬픔이었어요. '슬픔을 이기지 못한다'는 말을 알 것 같아요."

장례를 치르고 나서 왜 한동안 흰색 리본핀을 착용하는지 그녀는 알 것 같다고 했다. 슬픔을 이기지 못해서 아무 때고 눈물이 솟구쳐 나오는 자신의 상태를 리본핀이 대신 말해주는 것이라고. 그 이후 가끔 그녀가 말한 '슬픔을 이기지 못한다'는 말에 대해 생각해보곤 했다. 삶이 무난하게 흐르지는 않았기에 감정의 밑바닥에서 허우적거렸고 겪지 않아도 될 많은 일들을 겪으며 어른이 되었다고 생각했다. 하지만 가끔 내 생각과 행동들이 너무도 철딱서니 없이 느껴질 때면 그녀의 말이 떠올랐다.

"저는 제가 어른이라고 생각했어요. 많은 걸 겪었지만 사랑하는 사람의 죽음을 직면한다는 게 어떤 건지에 대해서는 몰랐어요. 그걸 겪어내야만 진짜 어른이 되는 것 같아요."

서둘러 자리를 털고 일어나 아버지의 모습을 확인했다. 순간, 잔뜩 자라나던 슬픔의 촉수들이 너무도 쉽게 떨어져 나갔다. 부모님은 내가 태어날 때부터 삶의 전부였다가 일부분이기도 했

...
하루도 사랑하지 않은 날이 없었다

다가 공기 같은 존재가 되었다. 한 번도 그들이 없는 세상을 생각해보지 않았다. 공기가 지구에서 없어지는 것을 상상하지 못하듯, 그것의 당연함과 영원함을 어리석게도 의심하지 않았다.

그런데 왜 갑자기 그 부재의 슬픔을 생각하게 된 것일까?

아버지의 진한 밤색 머리카락을 믿고 싶었다. 하지만 아무도 예상하지 못한 순간에 우리 아버지도 주기적으로 하시던 염색을 멈추는 날이 올 것이다. 일을 하고, 회사와 집을 오가며 농사를 짓고, 사회와 정치에 관심을 기울이는 아버지가 여전히 우리 집에서 가장 힘이 세며, 무거운 물건도 번쩍번쩍 들어 올리시기를 바랐다.

그러나 아버지는 목소리마저 달라지고 있었다. 성대도 나이가 드는지 쉰소리가 먼저 새어 나왔지만, 나는 그조차 믿지 않았다. 그분이 내 아버지라는 사실 때문에 진한 밤색 염색약으로 덮어버린 백발처럼 모든 것을 덮어버렸다.

이제는 모든 것을 인정할 수밖에 없다. 오랜만에 식탁에서 단둘이 마주 앉은 아버지가 월급이 올랐다며 흥에 겨워 하신 말씀이 내 가슴을 후벼파기 시작했다.

"올해는 회사에서 월급 올려준다더라. 올해는 깨도 더 심고, 콩도 더 심고, 고추도 더 심고, 고구마도 더 심으려고."

"작년에도 많이 심었는데 그것보다 더 많이 심는다고? 뭘 그렇게 많이 해. 너무 힘들잖아. 이제 나이도 있는데 뭘 그렇게까지 하셔!"

"힘들긴 뭐가 힘들어. 나는 노는 것보다 일하는 게 훨씬 좋아. 거기에 깨 심으면 아주 잘 커. 깨는 그냥 심어놓기만 하면 그냥 알아서 크는데 뭐."

"알아서 크는 게 어딨어. 농사일이 좀 힘들어! 조금만 하셔, 무리하지 말고. 이제 아빠도 조금씩 쉬면서 해야 돼."

"안 힘들다니까. 하다 보면 시간이 금방 가. 하나도 안 힘들어."

"아니! 경비실에서 주무시고, 아침에 퇴근해서 온종일 농사짓고, 새벽에 출근하고. 아빠도 이제 좀 편하게 사셔. 나도 가장이잖아, 아빠. 나도 이제 자리 잡고 있으니까 아빠도 가장이라는 짐 좀 내려놓으셔. 이제 연세도 있으신데……."

"그런 거 아니야. 나는 니들이 있어서 좋다."

울컥 눈물이 나왔다. 이혼 후 친정으로 들어와 아버지 지붕 아래서 산 지 벌써 12년이 지났다. 자리를 잡는 대로 떠나려고 했던 곳에 본의 아니게 둥지를 틀어버렸다. 그 사이 아버지는 백발의 노인이 되셨다. 그럼에도 아버지는 여전히 가장이라는 자리를 놓지 못하신다.

나도 이제 가장인데…….

싸우는 사람들의 코골이 삼중주

⋮

암 검진을 받으러 정기적으로 대학병원을 찾는다. 병원은 밖과는 다른 공간이었다. 그 안에서는 다른 차원의 사랑이 느껴졌다. 병과 싸우는 환자와 그 곁을 지키는 사람들, 육체의 고통을 겪으며 소독되어가는 표정들, 수많은 아픔과 죽음을 목도했을 의료진들을 마주할 때마다 존재에 대한 사랑은 변하지 않는다는 사실을 새삼 확인했다.

암 병동에 입원했을 때 홀로 보내야 했던 기나긴 밤이 떠올랐다. 다음 날 받을 수술을 위해 입원 수속을 마치고 병실에 누웠지만 스며드는 외로움은 스마트폰 따위로 해소되지 않았다. 곤히 잠든 아기라도 억지로 깨워서 울린 다음 다시 재우기를 반복하고 싶을 만큼, 심술이 나도록 누군가의 온기가 갈급한 그런 밤이었다.

병실의 공기는 무거웠고 침상마다 커튼이 굳게 닫혀 있었다. 얇은 커튼 벽을 사이에 둔 옆 침대의 대화 소리는 굳이 귀를 세우지 않아도 선명하게 들려왔다. 췌장암으로 오랫동안 투병중인 옆 환자는 입원과 퇴원을 반복하며 병원 생활에 이골이 난 듯했다. 차도도 없는데 병원에서 퇴원도 시켜주지 않아 미칠 지경이라며 곁을 지키고 있는 간병인에게 하소연을 했다. 그녀의 목소리엔 몸의 통증과 오래 싸워온 사람 특유의 짜증이 가득 묻어 있었다. 잠을 이루지 못해 몹시 괴로워하는 그녀가 돌아 누울 때마다 끙끙 앓는 소리가 들려왔다.

다른 쪽 침대에서는 지방에 있는 가족들과 나누는 밤 인사가 이어졌다. 영상통화 같았다. 아이들을 돌보느라 집에 머물러 있는 남편이 혼자 입원한 아내에게 미안해했다.

"괜찮다. 내는 걱정 마라. 한두 번이가? 암 크기 줄어서 수술하면 된다카니 해봐야제."

내 감정이 투사된 것인지 모르겠지만 혼자서 항암을 기다리고 있는 그녀가 애달프게 느껴졌다. 그녀는 남편에게 아이들 밥 잘 챙겨달라고 말하며 초등학생인 듯한 아이들과 인사를 나눴다. 전화를 끊고는 다시 누군가에게 전화를 걸어 통화를 이어갔다. 1차 수술 때 예상한 것보다 전이가 심해 암세포를 반도 제거하지 못해서 수차례 항암을 받아야 한다고 담담히 말하고 있었다. 그녀의 고된 투병 생활이 그려졌다.

밤이 깊어갔다. 병실의 불이 꺼졌다. 어둠 속에서 들려오던 대화 소리마저 뚝 끊겼다. 숨소리가 세차게 커지기 시작했다. 잠을 못 자서 괴롭다고 하더니 오늘은 아닌 것 같았다. 환자와 간병인의 코골이 콜라보가 시작됐다. 가뜩이나 마음이 어수선한데, 바로 옆에서 돌아가며 코를 골아대니 미칠 지경이었다. 잠은 다 잤다 싶었다. 잠이 오지 않으니 언뜻 떠오른 생각 하나가 순식간에 두려운 감정으로 번졌다.

'암 병동, 이곳에서 얼마나 많은 사람들이 생을 마감했을까.'

등골이 오싹해져왔다. 커튼을 젖히면 무시무시한 죽음의 블랙홀이 소용돌이치고 있을 것만 같았다. 베개에 얼굴을 파묻고 이불을 뒤집어썼다. 잠을 청해보려고 안간힘을 썼다. 양 한 마리 양 두 마리 양 세 마리……

이불 속에서도 코골이 연주는 쉬지 않고 들려왔다.

'드르렁 드드렁, 크으렁 크으렁, 드르렁 드르렁, 크으롱쉬 크으롱쉬…….'

그런데 코골이 소리가 이토록 경이로울 수 있다니! 삶을 사수하기 위해 모진 병마와 싸우는 사람들. 그들의 숨결이, 코고는 소리가 이 세상 그 어떤 소리보다 숭고하게 느껴졌다. 웅크린 채 떨고 있는 등허리에 온기가 스며들었다.

뒤집어쓴 이불을 걷어냈다. 깊이깊이 잠에 빠져 들었다. 내가 잠든 이후, 코골이는 트리오로 연주가 됐겠지. 아마도, 분명, 그랬을 것이다.

미안하다는 말 한마디

⋮

"엄마, 나 스무 살에 임신했었어……. 그때, 만나던 애한테 상처받고 너무 힘들어서 방황했었어. 엄마도 기억하지? 술 먹고 들어왔다가 아빠한테 머리끄덩이 잡혔었잖아……. 그 친구한테 상처받고 나이트클럽에서 어떤 남자들 만나서 술을 먹었는데……, 어떻게 하다 보니 그렇게 됐어."

내 나이 사십 대 중반에 이제 칠순을 바라보는 엄마에게 굳이 이런 고백을 해야 할까? 단전에서 꿈틀거리던 서러움이 복부를 타고 올라와 조용히 눈물로 흘러내렸다. 엄마의 눈에도 잔잔하게 눈물이 고였다. 차 안은 잠시 조용해졌다.

"힘들었겠다. 난 몰랐는데……. 왜 그때 말하지 않았어?"

"그때 엄마한테 말했으면 아마 실컷 두들겨 맞지 않았을까?

엄마가 뭐라고 했을 것 같아? 머리털을 다 뽑아놓고 방에서 나가지도 못하게 했겠지. 그리고 나는 온갖 욕을 먹었겠지. 아마도 욕이란 욕을 다 동원해서 나를 시궁창으로 몰아넣었을 거야, 분명히."

"그래, 그랬을 것 같다. 그땐 내가 왜 그랬는지 모르겠어."

엄마는 내 말을 인정하고는 한참 동안 창밖만 바라보았다. 계절이 어제보다 깊어졌다. 계절에 따라 빛깔이 달라진 것처럼 세월 속에서 우리가 나누는 대화도 익어갔다.

"엄마, 지금은 괜찮아. 이제는 괜찮아져서 엄마한테 이렇게 말할 수 있는 거야. 엄마, 어릴 때 상처 주고 못 해줬던 것들, 다 괜찮으니까 엄마도 이제 죄책감 갖지 마. 조금도 엄마를 원망하거나 미워하는 마음은 없으니까."

치매를 앓으시던 외할머니가 몇 년 전 돌아가셨다. 할머니는 할아버지가 돌아가신 후 시골집에서 혼자 생활하셨다. 할아버지 생전 두 분은 그렇게 사이가 좋은 부부는 아니었고, 오히려 그 반대에 가까웠다. 그런데 할아버지가 빠져나간 외갓집은 깊고 진한 공허함이 들어앉았다. 평생 누군가를 위해 준비하던 밥상이 자신에게는 인색했고, 혼자서 지내기엔 넓은 시골집은 할머니의 생활 반경을 제외하고는 수북이 먼지가 쌓였다.

자식들이 모신다고 해도 짐이 될까 싶어 강력하게 거부했던 할머니는 몇 해 만에 요양원 신세가 되었다. 그러던 어느 날 할머니의 건강이 급속도로 나빠졌다. 갑작스러운 병세 악화 때문에 우리는 할머니 곁을 지키지 못했다. 할머니는 임종 직전 맑은 정신을 잠깐 회복했다. 큰외숙모의 도움을 받아 전화 통화로 할머니와 작별인사를 했다.

길지 않은 대화였다. 엄마는 몸을 들썩이며 흐느껴 울었다. 엄마의 울음에는 한이 섞여 있었다. 이제 생을 마감하고 다시는 돌아올 수 없는 곳으로 떠나는 노모에게 칠순인 엄마의 작별인사는 너무도 처절했다.

"엄마, 나한테 왜 그랬어? 왜, 날 그렇게 살게 했어?"

엄마는 온몸을 떨며 노모를 향해 서러움을 토해냈다.

"엄마, 엄마, 엄마!" 목 놓아 울부짖는 소녀는 오빠를 위해 학교도 포기하고 돈을 벌어야 했다. 살림밑천 역할을 톡톡히 해냈음에도 사랑받지 못했던 소녀였다. 그 소녀는 엄마의 죽음을 목전에 두고 있다. 그리고 생명이 꺼져가는 엄마를 이제는 용서해야만 했다. 더는 시간이 없었다.

"엄마, 나한테 사과해. 미안하다고 하란 말이야!"

소녀는 처음이자 마지막으로 엄마에게 말했다. 미안하다는 말……, 그 말 한마디가 그렇게 듣고 싶어서……. 그것이면 충분해서…….

"엄마, 내가 다 용서할게. 잘 가, 엄마. 미안해. 편히 가, 엄마."

엄마는 그렇게 할머니를 보내드렸다. 내가 그랬듯이 엄마도 그랬다. 가장 사랑했던 만큼 가장 미웠다.

삶이란 죽음 앞에서 진정한 의미와 가치가 되새겨진다는 사실이 묵직하게 다가왔다. 그리고 삶은 단순해진다. 삶은 말한다. 사랑하라고, 화해하고 용서하라고. 우리가 세상에 남기고 가는 것은 그것뿐이라고. 그러니 지금 행복해야 한다고……

> 우리에게 정말로 남는 것은 집도, 돈도, 명예도 아니다. 누군가를 마음껏 사랑하고 사랑받았던 기억. 오직 그것 하나뿐이다.
>
> ─김새별,《떠난 후에 남겨진 것들》

다행히도 나는 엄마를 한 인간으로서 이해할 수 있게 되었고, 비로소 사랑하게 되었다. 함께할 세월이 짧아지고 있음이 너무도 아쉽다. 내 아이의 아침을 준비하는 엄마 곁에서 문득 전해져 오는 일상이 눈물 나게 좋은 오늘이다.

이제야 비로소 내 진심이 이해가 된다

:

보잘것없다고 여기던 삶이 다르게 느껴지기 시작했다. 그래서 글을 쓰고 싶었다. 책을 많이 읽지는 못했다. 책을 읽을 수 없을 만큼 고통스러웠던 날들이 많았고, 책 읽을 여유 없이 바쁘게 살아온 날들이 대부분이었다. 그럼에도 책은 인생을 변화시킬 만큼 강력한 것이었다. 내 인생의 고비고비에는 언제나 책이 있었고, 다른 누군가에게도 위로와 힘이 되는 책을 쓰고 싶었다.

현실을 드라마틱하게 변화시키는 방법이나 돈을 많이 벌게 해주는 방법이 담긴 책을 쓸 재주는 없다. 해결되지 않는 문제들도 여전히 그대로 존재한다. 하지만 현실을 담담히 바라볼 수 있는 시선과 안온한 마음, 삶을 대하는 태도에 대해서는 말할 수 있다.

가난해서 불행했다 생각했고 돈만 있으면 오랜 결핍들이 사라질 거라고 믿었다. 그것의 어리석음을 알게 되었다. 진짜 지옥은 현실이 아닌 마음 안에 존재한다는 것을. 돈으로도 해결할 수 없는 많은 것들이 있다는 사실을. 삶은 소유냐 존재냐를 따지는 것이 아니라 그 자체를 누리는 것이다. 삶이 생각보다 심각하지 않다는 것을 알게 된다면 그것은 축복이다.

무언가에 홀린 듯 글을 썼다. 글을 쓰는 것은 그리 어렵지 않았지만 출간으로 향하는 여정은 달랐다. 결이 맞는 출판사를 찾는 일부터 내게는 막막한 일이었다. 책을 검색하고 출판사에 전화를 걸어 이메일 주소를 수집했다. 회사 일을 놓치게 될까봐 틈나는 시간에만 리스트를 펼쳤다. 떨리는 마음으로 이메일을 전송했지만 며칠 지나지 않아 반려 메일이 날아들었다. 또는 메일조차 확인하지 않거나 확인했더라도 연락이 없었다.

하늘이와 어디론가 향하는 차 안에서 라디오를 들었다. 진행자가 청취자와 전화로 이야기를 나누다가 질문을 했다.

"만약에 로또에 당첨되면 누구랑 나누고 싶으십니까?"

가족들과 나누겠다고 하는 사람도 있었고, 누구와도 나누지 않겠다는 사람도 있었다.

"엄마, 로또에 당첨되면 얼마야?"

"몇 십억 될 걸, 당첨자가 적으면 100억 넘을 때도 있어."

"100억? 우와!"

"하늘이는 만약에 로또에 당첨돼서 100억이 생기면 어떻게 할 거야?"

"음…… 10억은 내가 갖고, 나머지는 엄마 줄 거야. 엄마는?"

로또 당첨 같은 것은 꿈꿔본 적 없었다. 그런 행운이 올 리가 없었다. 그런데 말을 하다 보니 '내게 100억이 생긴다면?'이라는 질문에 자못 진지해졌다.

"일단 땅을 사서 할머니 할아버지와 다 같이 살 수 있는 집을 지을 거야. 2층엔 집필할 수 있는 서재도 만들고……."

그러다 문득 '내게 100억이 있다면 그래도 글을 쓰고 싶을까? 책을 내고 싶을까?' 하는 생각이 들었다. 마음에서 한치의 망설임도 없이 소리쳤다. '아니! 미쳤어?'

두 번째 투고를 준비하던 중 마음에서 올라오는 솔직한 대답은 나를 적잖이 당황케 했다. 내가 글을 쓰는 이유가, 책을 내고 싶은 이유가 뭘까? 나는 왜 글을 쓰는 것일까? 내가 진짜 원하는 것은 무엇일까? 하지만 내 마음을 쉽사리 알 수 없었다.

출판사에 메일이 날아갈수록 나는 도망치고 있었다. 책을 출간해줄 출판사를 찾는 메일을 발송하며 작가가 되고 싶지 않은 마음을 동시에 느낀다는 것은 유쾌하지 않았다. 그런데도 나는 그런 불편을 뒤로하고 자연스러운 척 일을 진행했다. 어떤 부분에서는 꽤 적극적이기도 했다. 마음 한구석에선 여전히 그 모든 행위가 필요 없다고 말했다. 혼란스러웠다. 작가가 되길 원하면서 원하지 않는 두 마음이 한 치도 물러서지 않았다.

두 번째 투고에서도 아무런 성과를 거두지 못했다. 우울했다. 우울감이 올라올 땐 음식을 적당히 먹고 의자에 앉아 눈을 감곤 했다. 움직여야 도움이 된다는 것을 알지만 그러고 싶지 않은 날이 있다. 그런 날이었다. 무언가 석연치 않은 곳에서 출간을 해준다는 메일과 좋은 원고지만 출간은 어렵다는 메일이 왔다. 눈을 감고 가만히 호흡에 집중하다가 잠이 들어버렸다. 다시 일어났을 땐 새벽이었다. 방 안에 불이 켜져 있었다. 얼굴엔 화장기가 남아 있었고 일회용 콘택트렌즈를 그대로 착용하고 있었다. 아무도 나를 깨우지 않았다. 집 안은 깊이 잠들어 있었다.

세수하고 양치를 하고 방으로 들어왔다. 잠이 올 것 같지 않았다. 책상 위에 읽다가 멈춘 몇 권의 책이 보였다. 컴퓨터를 켜고 지금의 심정을 담아볼까, 하는 생각이 들었다. 이내 하고 싶지 않았다. 의자에 앉아 명상을 하다가 다시 침대에 누웠다. 누워서 음악을 듣다가 몸을 일으켰다. 책 한 권을 펼쳐 들었다. 다시 책을 덮고 불을 끄고 자리에 누웠다.

생각을 많이 하지 않으려고 했다. 도움이 되지 않을 때가 많으니까. 그보다 몸의 감각과 감정에 집중했다. 책을 쓰면서는 의도적으로 생각하지 않는 연습도 했다. 불쑥불쑥 정체성을 입고 올라오는 것만으로도 충분했다. 그렇게 얼마간의 시간을 보내고 나면 의도를 확인하는 순간이 오게 마련이다. 고통의 시간은 그런 면에서 쓸모가 있다.

그런 밤일까 싶었다. 그랬으면 좋겠다고 생각했다. 다행히도 그랬다. 요 며칠 마음을 단념시켰다. 그렇게 계속 엇박을 일으키는 마음에게 '그만해도 괜찮아'라고 말했다. 출판사 목록을 들여다보면서도 '이것만 하고 그만해도 돼'라고 말했다. 그랬더니 마음이 안도했는지 이내 조용해졌다.

어쩐지 침대가 불편했다. 누웠는데 몸이 제대로 눕지 못했다. 경직됐다. 몸이 아무래도 침대를 믿지 못하는 것 같았다. 눕는 거 말고 다른 것을 해야 한다고 느끼는 것도 같았다. 침대 위에 붕 떠 있는 나에게 '그냥 쉬어도 괜찮아, 아무것도 하지 않아도 괜찮아'라고 말해주었다. 가슴에서 동그랗게 소용돌이치고 올라오는 기운이 느껴졌다. 가만히 주의를 기울였다. 한참을 그렇게 있었다.

감은 눈꺼풀 사이로 내가 보였다. 나였지만 타인이었다. 나를 타인으로 본다는 것은 낯설었다. 하지만 눈꺼풀을 통해 보이는 나는 정말 내가 아닌 것 같았다. 적어도 그 순간은 그랬다. 무엇이 그리도 충분하지 않았던 것일까? 왜 그리 부족해 보였던 것일까? 나라고 생각했을 때 충분히 않았던 모든 것들이 반대로 보였다.

울컥 눈물이 났다. 그녀는 충분히 노력했다. 그녀의 노력은 무엇보다 빛났고, 아름다웠다. 그것만으로 충분한 가치가 있었다.

나에게 미안하고 감사했다. 내 머리를 쓰다듬었다. 쉴 새 없이 머리를 어루만질 수밖에 없었다. 울컥울컥 내밀한 곳에서 서러운 내가 터져 나왔다. 조금씩 마음이 따뜻해졌다.

지금껏 삶을 이끌어왔던 근원이었을까……. 자아라는 껍질에 둘러싸여 있었지만, 그것은 움직이고 있었다. 가슴 깊은 곳에서 뜨거운 눈물이 솟구쳐 올라왔다. 작고 연약해 보였지만, 마음을 채우기엔 충분했다.

너무 아파서 글을 썼다. 너무나 아파서, 그래서 글을 써야만 했다. 누군가 나처럼 너무나 아픈 사람이 있다면 도움이 될지도 모른다고 생각했다. 그것이 전부였다. 내가 글을 쓴 진짜 이유였다.

껍질 하나를 벗기고 또 벗길 때마다 글을 쓰는 이유는 달라졌다고 생각했다. 그렇지 않았다. 진심이라는 마음 한줄기에 자아는 형태를 바꿔가며 껍질과 모양새를 바꾸어버린다. 나를 안다는 것이 이리도 어려울 수가!

이제야 비로소 내 진심이 이해가 된다. 내가 써놓은 그 모든 이야기들도…….

에필로그

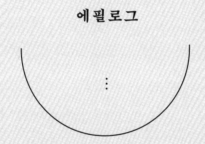

⋮

출판사와 출간 계약을 하고 원고를 수정하던 중에 두 번째 암이 발견되었다. 건강검진을 마치고 나서 병원에서 제공한 식권으로 주린 배를 채우고 회사로 출발하려던 참이었다. 그때 전화벨이 울렸다.

"장혜진 님이세요? 얼마나 가셨어요? 아무래도 조직검사를 받아보셔야 할 것 같아서요."

전화를 받고 다시 병원으로 발걸음을 옮겼다.

"모양이 좋지 않아요. 종양이 피막을 침범한 것 같네요."

초음파 사진을 보여주며 의사가 말했다. 의사는 긴 바늘을 목에 깊숙이 찔러 넣고는 종양의 조직을 채취했다. 검사 결과는 일주일 후에 나온다고 했지만 초음파로 본 조직의 모양과 의사의 짧은 소견만으로도 직감할 수 있었다.

병원을 나와 주변을 서성였다. 잠시 마음을 진정시키려 카페를 찾았다. 뻐근한 통증이 느껴졌다. 카페에 앉아서도 마음은 진정되지 않았다. 스프링이 달린 듯 엉덩이가 들썩거려 차분히 앉아 있을 수가 없었다. 어떤 생각도 끼어들지 않았고, 입에서는 옅은 실소만 터져 나왔다. 유방암 완치 판정이 얼마 남지 않았는데 찬물을 확 끼얹은 것만 같았다. 어디로 갈까 생각하다가 회사로 향했다. 아무 일도 없던 것처럼 일처리를 하고 퇴근을 했다.

하루를 보내고 다시 반나절이 지나고 나서야 실감이 났다. 두 번째 암이 내게 찾아왔다는 것이……. 손으로 목 부위를 더듬더듬 만져보았다. 왼쪽과 오른쪽이 달랐다. 딱딱한 조직이 근육과 함께 만져졌다. 초음파로 확인하지 않았다면 암이라고는 생각할 수 없었을 것이다.

서글펐다. 실컷 울고 싶었다. 하늘이 앞에서만은 울지 않으려고 했는데, 조수석에 앉은 아이를 바라보고 있으니 '내가 없으면 이 녀석 어쩌나' 하는 생각에 울음이 터지고 말았다. 훌쩍훌쩍 세상 서러운 여자가 되어 울었다. 하늘이도 같이 눈물을 흘렸다.

"생존율이 95퍼센트래. 갑상선암은 착한 암이라서 수술만 받으면 된대. 엄마 안 죽는대."

그 순간, 내 말이 얼마나 우스꽝스럽게 들렸던지 눈물 콧물이 범벅이 된 얼굴로 우리는 서로를 마주 보며 한참을 웃었다.

···
에필로그

성장 속도가 느린 갑상선암은 유방암보다 먼저 내 몸에 자리 잡기 시작했을 확률이 크다고 했다. 내가 갑상선암의 존재를 알게 된 것은 2022년 10월의 어느 날, 회사에서 후생복지 차원에서 실시한 건강검진 덕분이었다. 암세포가 1.2센티미터로 성장한 뒤였다. 이미 내 몸에는 오래전부터 또 하나의 암이 성장하고 있었다. 나만 모르고 있었을 뿐. 모르고 있던 사실을 알게 되는 것은 너무도 다행스럽고 감사한 일인데, 슬픔에 빠질 이유가 무엇이었을까.

내 무지를 인정해야 했다. 그것을 인정하고 나자 그 어떤 마음의 갈등도 나를 괴롭히지 않았다. 지레 겁을 먹거나 들뜨지 않은 채 여태껏 한 번도 살아본 적 없는 삶을 앞두고 침착할 수 있었다. 받아들이면 그만이다. 조만간 인체의 보일러 같은 기관인 갑상선이 목에서 완전히 제거될 것이고 평생 약을 먹어야 한다. 또 책이 출간될 것이다. 실감이 나지 않는다는 면에서 두 가지 일은 같다. 한 가지는 좋은 일, 다른 한 가지는 나쁜 일이라는 식으로 여기지 않기로 했다. 둘 다 지금 내게 꼭 필요한 일일 뿐이다.

나는 처음부터 삶이 무엇을 준비하고 있는지 알지 못했다. 삶을 통해 알게 된 것은 삶이 나를 속이지 않는다는 사실이었다. 이것마저도 지극히 개인적인 세계관과 믿음이 전부일지도 모르지만 섣불리 삶을 평가하지 않기로 했다. 이전에도 그랬듯이 그저 주어진 상황에서 내가 할 수 있는 일들을 해나갈 것이다.

오늘을 살아가는 일, 일과에 허덕이라도 글을 쓰는 일, 가끔은 현실에 대한 지루함으로 툴툴거리고 예상치 상황에 봉착해 슬피 울더라도 기꺼이 끌어안으며 내 삶을 살아가고 사랑할 것이다.

지금 이 순간에도 내 몸의 갑상선은 암세포의 존재와는 무관하게 묵묵히 호르몬을 생성해내며 내 몸의 체온과 대사를 조절하고 있다. 기특한 것! 그간 아무런 노력 없이 누리고 있던 모든 것들과 지금 이 순간에 감사한다.

감사의 말 ———

내 모든 인연들에게 감사 인사를 전합니다.

건강하고 예쁘게 성장한 하늘이와

묵묵히 그 자리에서 사랑해준 가족들,

그냥 지나쳐버릴 수도 있는 이야기를 특별히 사랑해주신

책구름 출판사의 자현 편집장님과 출판사 모든 식구들,

무엇보다 수많은 책 중에서 이 이야기를 선택해주신

독자님들께 깊이 감사드립니다.

부디 삶이 사랑으로 평안하시기를 기원합니다.

— 2023년 겨울 숲속 어느 카페에서